WaldZauber

Maja Mattern

In Liebe

dem Wald und seinen Wesen,

meinem liebevollen Freund und Seelenbegleiter

und meiner zauberhaften Familie.

Impressum

Bibliografische Information der Deutschen Nationalbibliothek:

Die Deutsche Nationalbibliothek verzeichnet diese Publikation in der Deutschen Nationalbibliografie; detaillierte bibliografische Daten sind im Internet über http://dnb.dnb.de abrufbar.

Titelbild (Foto): Maja Mattern

Logogestaltung & Layout: Fanny Mattern

Lektorat: Fanny Mattern, Gesine Mattern

Korrektorat: Fanny Mattern, Eva Friedrich

Illustration: Gudrun Stark

Herstellung und Verlag: BoD – Books on Demand, Norderstedt
ISBN: 978-3-7568-5539-1

Inhaltsverzeichnis

Herbst

Winter

Frühling

Herbst

Angekommen im Zauber des Waldes

Merle, die nicht viel größer als ein ausgewachsener Fichtenzapfen war, wohnte noch nicht so lange im Wald. Eigentlich
kommt sie von einer entfernt liegenden großen Wiesenfläche,
die die Menschen von unten nach oben umgepflügt haben, um
Mais anzubauen. Da konnte sie nun nicht mehr bleiben, denn
sie hatte kein Dach mehr über dem Kopf und keinen Schutz vor
der immer kälter werdenden Jahreszeit des Herbstes.

All ihr Hab und Gut packte sie in ihre große Tasche voller
wunderbunter Flicken, zusammen mit Schnur und Fernglas
sowie den letzten Kräutern, Äpfeln und Nüssen. Auch ihre
Trommel, ohne die sie nicht mehr sein wollte, kam mit. Und
obwohl ihr alle gesagt hatten, sie soll sich in Acht nehmen
und niemals dem großen dunklen Wald nähern, wo man
sich verirren und mit Haut und Haaren verschlungen werden kann, steuerte sie nun geradewegs auf diesen zu. Sie
vertraute fest darauf, dass alles gut werden wird. Lange ist
sie gewandert auf ihren kleinen Füßen. Die Sohlen der alten
Lederschuhe sind an manchen Stellen schon durchgelaufen
und der große Zeh links hat ein Loch. Ihr wollenes Mäntelchen wärmte sie nicht wirklich und ihrem Hut fehlte
mittlerweile die Spitze, die ihr ein dicker Ast herunter-
gerissen hatte, an dem sie hängen geblieben war.
Hinter dem Wurzelteller einer
umgefallenen großen Fichte hatte
sie schließlich einen Unterschlupf
gefunden und sich mit trockenen
Farnwedeln und Moospolstern ein
gemütliches Zuhause gebaut.

Widererwarten hatte sie nicht das Gefühl, dass man sie hier verschlingen wollte. Im Gegenteil sie fühlte sich willkommen so wie sie war. Hier hatte alles seine eigene Ordnung, war miteinander verbunden und brauchte niemanden, der sich einmischte. Und das fand sie wunderbar beruhigend und vertrauensvoll.

Als sie am nächsten Morgen munter wurde und ihr freundliches Gesicht mit der kleinen Stupsnase aus ihrem Unterschlupf steckte, merkte sie gleich, dass sich etwas verändert hatte. Die leichte Schneedecke vom Vortag war noch da, aber es roch ganz anders. Die Luft war kalt und klar, die Stille ringsherum strenger als sonst und es waren keine Stimmen zu hören. So als hätte jemand die Zeit angehalten. Sie stopfte ihre Locken unter den ramponierten Hut, warf sich das Mäntelchen um und trat hinaus. Ganz still blieb sie stehen, roch in die kalte Luft und horchte. Friedlich war es ringsherum. Und plötzlich kam die Sonne durch die Wolkendecke und überall, wo sie ihre Strahlen hinschickte, glitzerte und funkelte es. Ganz warm wurde Merle ums Herz. All die schönen Eiskristalle, mal verstreut, mal angehäuft, filigran und ganz zart, in kompakter Form oder als Kette aufgereiht – sie kam aus dem Staunen nicht mehr heraus. Ihre freundlichen Knopfaugen strahlten vor lauter Lebensfreude. Sie war hin und her gerissen zwischen dem Wunsch, mit einem Jauchzer mitten in diese Pracht hineinzuspringen oder lieber ganz still und staunend stehen zu bleiben. Ging sie ein paar Schritte, knirschte und knisterte es unter ihren kleinen Füßen. Ein leises Vorwärtskommen war schlicht unmöglich, da konnte sie sich noch so viel Mühe geben wollen.

Und prompt schlug die Bande der Eichelhäher wieder Alarm. Mein Gott war sie erschrocken, als zum ersten Mal dieser

Krawall über ihrem Kopf hereinbrach und sie nicht wusste, wie ihr geschah. Mittlerweile kennt sie die Rasselbande schon etwas besser und nennt sie liebevoll die Waldpolizei. Nichts entgeht ihrem scharfen Blick und sämtliche Waldbewohner werden in Alarmbereitschaft versetzt. Sie können einen aber auch ganz schön an der Nase herumführen, wenn sie den Ruf des Bussards nachahmen und man diesen vergeblich am Himmel sucht. Hörte sie die Bande kommen, suchte sie sofort nach dem einen mit der etwas widerspenstig abstehenden türkisfarbenen Feder, den sie besonders ins Herz geschlossen hatte.

Als sie vom Zauber der Eiskristalle genug gesehen hatte, holte sie ihre Trommel hervor, lief bis zur magischen Buche und trommelte mit Begeisterung all ihre Freude heraus.

Es dauerte nicht lange und durch die ungewohnten Klänge angelockt tauchten einige Waldbewohner auf. Ganz oben ließ sich das Rabenpaar vom angrenzenden Kiefernhügel nieder. Den Baumstamm herauf kam ein Baumläufer, den hier vorher noch keiner gesehen hatte und die Kleiberdame rief ganz aufgeregt nach ihrem Mann, weil sie befürchtete, dass durch das Spektakel ihr heimlich angelegtes Baumloch an der Rückseite bemerkt werden könnte. In der mittleren Baum-Etage wuselten Haubenmeisen auf und ab und zwischen den Wurzelfüßen tauchte eine Mäusemama auf, neugierig geworden, was es mit all der Geschäftigkeit hier oben auf sich hat. In den benachbarten Fichtenkronen turnte ein Eichhörnchen herum und beobachtete die Zugewanderte unentwegt, die tief versunken in ihr Trommeln und Summen von all dem Publikum nichts mitbekam.

Wie freute es die alte Wächterbuche, dass in der sonst so stillen Jahreszeit auf einmal das Leben um sie herum pulsierte.

Die Sonnenstrahlen haben an diesem Morgen auch ihr Baumherz warm werden lassen und die Eiskristalle auf den moosbedeckten Wurzelfüßen angetaut.

Als Merle kurz innehält und aufschaut, war sie überrascht, wer sich hier alles eingefunden hatte. Begeistert wollte sie erneut die Trommel schlagen, als der Häher mit der besonderen Feder, der mittlerweile ebenfalls eingetroffen war, krächzend zu sprechen begann: „Wir haben dich hier in unserem Wald vorher noch nie gesehen. Wer bist du, wo kommst du her und was machst du hier?" Froh, ihre Sprache zu verstehen, überlegte sie nicht lange und erzählte einfach alles. Wie es weiter gehen sollte, wusste sie auch noch nicht, aber sie ist voller Vertrauen und Zuversicht, dass es sich schon zeigen wird. Jetzt ist sie erst einmal froh, einen Unterschlupf für den Winter gefunden zu haben und hofft, dass sie bleiben darf.

Alle hatten still zugehört und als der Häher erneut das Wort ergriff, sprach er allen gleichermaßen aus der Seele: „Bei uns ist jeder willkommen." Das freute Merle sehr. Sie bedankte sich bei allen mit einem fröhlichen Trommelwirbel und die Gesellschaft zerstreute sich allmählich. Ein leichtes Grummeln in ihrem Bauch erinnerte sie daran, dass sie heute noch nichts gegessen hatte. und machte sich schnell auf den Heimweg.

Dachsbekanntschaft

Langsam wurde es draußen hell und Merle hörte es schon, als sie noch etwas verschlafen eingekuschelt in ihrem Bett lag und keine so rechte Lust hatte aufzustehen: Der Wind pfiff ziemlich lebhaft um die Ecken. Eigentlich wollte sie heute das Gebiet am Kiefernhügel erkunden, wo die Dachse zu Hause sind. Das Rotkehlchen aus der Nachbarschaft hatte ihr davon erzählt und auch, dass es in der Familie Nachwuchs gab, den sie unbedingt kennenlernen wollte.

Vorsichtig steckte sie ihren Kopf heraus und sofort wirbelte ihr der Wind die Locken durcheinander. Nein, einladend war das wirklich nicht, um nach draußen zu gehen. Aber schließlich konnte sie nicht den ganzen Tag einfach nur herumsitzen und nichts tun. Sie wollte und musste ja noch so viel entdecken. Der kaputte Hut nütze ihr bei diesem Wetter wahrlich wenig, der Wind würde ihn ihr sofort vom Kopf reißen. Aber die fürsorgliche Mäusemama hatte für Abhilfe gesorgt und eine farbenfrohe warme Mütze mit extra großer Bommel gestrickt.

Nach einem ordentlichen Frühstück fühlte sie sich dem Abenteuer gewachsen und marschierte tapfer los. Wie Regen sah es Gott sei Dank nicht aus und das stimmte sie froh. Ab und zu blieb Merle stehen und beobachtete den Wind. Mal war er nur entfernt und leise in den Baumkronen zu hören und dann kam er plötzlich angebraust, pustete ihr kräftig ins Gesicht und versuchte, sie umzuschubsen. Lachend nahm sie die Herausforderung an und stemmte sich ihm so gut sie konnte entgegen. Beinah vergaß sie darüber, warum sie unterwegs war und wo sie hinwollte. An der Kreuzung zur alten Buche musste sie kurz überlegen: War es der rechte oder der linke Weg, den sie nehmen sollte? Und schlug den rechten Pfad ein. Am Kiefernhügel angekommen, folgte sie dem Tierpfad hinauf und sah sich in aller Ruhe um. Die immergrünen Kiefern ließen viel Licht auf den hügelig sandigen Boden fallen, wo sich überall Heidelbeersträucher ausgebreitet hatten. Sie musste aufpassen, nicht über all die herumliegenden Zapfen zu stolpern und folgte, so gut es ging, auf leisen Sohlen dem Pfad. Und tatsächlich, schon bald entdeckte sie einen ersten Höhleneingang. Vorsichtig kam sie näher und versuchte trotz des pfeifenden Windes herauszubekommen, ob die Familie zuhause war. Aber nichts war zu hören. Dachse sind tagsüber nur unterwegs, wenn sie sich sicher fühlen, dass hatte ihr das Rotkehlchen erzählt. Also versuchte sie weiter möglichst leise und unauffällig nach den anderen Ein- und Ausgängen zu suchen, wovon eine Dachsburg viele hatte, wie sie wusste.

Sie wollte gerade unter dem umgestürzten Kiefernstamm durchrutschen, als sie entfernt ein leises Grummeln vernahm. Sofort duckte sie sich und versuchte horchend herauszufinden, woher dieses Geräusch kam. Lange brauchte sie nicht zu warten, denn plötzlich tauchte am Stammende die ganze Dachsbande auf und steuerten geradewegs auf Merle zu. Oh Gott, was sollte sie machen, wegrennen hatte keinen Sinn mehr. Also versuchte sie sich ganz nah an den Stamm zu schmiegen, in der Hoffnung, so nicht entdeckt zu werden. Mit Schrecken fiel ihr die große Bommel ein, die sicher wie eine Leuchtrakete weithin zu sehen war. Aber nicht die Bommel war es, die sie verraten sollte, sondern ihr Geruch. Dachse können sehr schlecht sehen, haben aber eine verdammt gute Nase.

Wie angewurzelt blieben alle plötzlich stehen, schnüffelten in ihre Richtung, kamen näher und beäugten sie. Ihre Knie begannen ganz fürchterlich zu schlottern und sie glaubte, hier nie wieder heil davonzukommen. Plötzlich rannten die Dachskinder dem Spieltrieb folgend los, stupsten Merle einfach an und schoben sie vorwärts. Erleichtert nahm sie das Angebot an und ein wildes Haschen und Toben über Stock und Stein begann. War das eine Freude. Da sie kleiner war als die quirligen jungen Dachse hatte sie den Vorteil, einfach plötzlich verschwinden zu können, um dann an anderer Stelle unverhofft wiederaufzutauchen. Schließlich ging ihr die Puste aus und sie musste erst einmal verschnaufen.

Als die zweite Runde eingeläutet werden sollte, tauchten am Stammende die Dachseltern wieder auf, riefen die Rasselbande zurück und alle trollten sich grummelnd davon.

Was für ein Abenteuer, wie geschaffen für Merle. Sie winkte ihnen noch lange nach und nahm sich vor wiederzukommen. Bevor es heimwärts gehen konnte, musste sie noch den Sand aus ihren Schuhen schütteln und die hängengebliebenen Nadeln aus dem Mäntelchen zupfen. Ihre Mütze saß auch wieder richtig auf dem Lockenkopf und sie marschierte los. Der Wind hatte inzwischen nachgelassen und schob sie nun wesentlich sanfter den Hügel hinunter bis nach Hause.

Luftabenteuer

Immer, wenn die Sonne schon frühmorgens ihre Strahlen über dem Wald verteilte, hielt es Merle nicht lange zuhause aus und sie musste raus. So auch heute Morgen.

Sie schnappte sich ihre warmen Sachen, die Tasche und das Stöckchen und lief los. Frostig war es trotz der Sonnenstrahlen und sie begann zu hüpfen, damit ihr nicht kalt wurde. Beim Ausatmen tauchten kleine Wölkchen vor ihr auf und stiegen aufwärts. Hübsch sah es aus und begeistert begann sie nun kräftiger pustend weiter zu hüpfen.

Schon bald wurde ihr Vorwärtskommen abrupt gestoppt. Der ursprüngliche Weg war nicht mehr erkennbar, vollkommen zerwühlt und aufgebrochen. Alles, was mal oben drauf war lag jetzt unten drunter oder ganz woanders. Zerrissene Wurzelstücke ragten aus dem Erdboden, Laub und Moospolster lagen weit verstreut und manchmal war eine Kuhle so tief, als hätte eine Bombe eingeschlagen. Das konnten nur die Wildschweine gewesen sein auf der Suche nach einer leckeren Mahlzeit.

Wie die Dachse können sie sehr schlecht sehen, aber ihren kräftigen Rüsselschnauzen entgeht kein noch so verlockender Duft im Boden. Begegnet sind sie Merle noch nicht und darauf legte sie auch keinen allzu großen Wert. Irritiert stellte sie fest, dass ihre kleinen Füße Mühe hatten, über diese Verwüstung zu klettern. Schon bald war sie von dieser Anstrengung regelrecht erschöpft und überlegte, ob sie lieber doch wieder umdrehen sollte. Wie aus dem Nichts tauchte plötzlich der Häher auf. Er hatte Merle's Bemühungen schon eine ganze Weile von einer Fichte aus beobachtet und fragte nun, wo sie so früh am Morgen eigentlich hinwollte.

„Zur Buchenlichtung hinter dem Birkenwäldchen", gab sie
zur Antwort. Dort hatte das Schwarzspechtpaar sein Zuhause, welches sie besuchen wollte. Er neigte seinen Kopf etwas
zur Seite und lud sie ein, heraufzuklettern. Fliegen, was für
ein Abenteuer, dachte sie und überlegte nicht lange. Schnell
zog sie ihre Mütze tief ins Gesicht, knöpfte sich das Mäntelchen fest zu und stopfte das Stöckchen in die Tasche. Dann
kletterte sie zwischen den ausgebreiteten Flügel des Hähers
hinauf. Zum Festhalten vergrub sie ihre kleinen Hände ganz
tief in die weichen Federn. Und schon ging es hinauf. War
das ein Spaß.
Von der kalten Luft um ihre Nase verspürte sie fast nichts,
denn die Aussicht von hier oben war so überwältigend, dass
alles andere unwichtig geworden war. Wie staunte sie über
all die unterschiedlichen Vogelnester und vielen Zapfen auf
den Nadelbäumen. Im Gegenverkehr rauschte gerade ein
Schwarm laut schwatzender Erlenzeisige vorbei, während sie
die angenehm wärmenden Sonnenstrahlen im Rücken spürte. Zwischen den Baumlücken am Boden tauchte ein Reh auf
und hinter einem riesigen Reisighaufen verschwand gerade
der rote Schwanz von Reinecke Fuchs. In Merle jubelte alles.

Und dann war das Abenteuer auch schon wieder vorbei.
Vorsichtig landete der Häher am Rand der Lichtung und
ließ Merle absteigen. Mit dem Versprechen, in einer Stunde
wieder da zu sein, flog er krächzend fort. Schön war es hier.
Das Sonnenlicht schien zwischen den kahlen Kronen bis auf
den Boden und verwandelte die Frostkristalle auf dem Laub
in Wassertropfen. Unter den Buchen lagen die Blätter und
Samen vom letzten Sommer als dichter Teppich.
Ein paar wenige hatten, wie in einem Kindergarten, junge

Buchenbaumkinder unter sich stehen, die ihre vertrockneten Blätter behalten haben. Moos verzierte die Wurzelfüße und weiter oben am Stamm klebten kleine Polster davon, die aussahen wie angenähte Knöpfe. In der Mitte der Lichtung, hoch oben an einer dicken Buche, entdeckte sie ein ovales Loch. Das musste die Spechthöhle sein, von der das Hörnchen erzählt hatte. Offensichtlich war niemand zuhause. Wie schade, sie hätte gern die Schwarzen kennen gelernt. Was tun? Ein bisschen in der Gegend herumzustromern hätte sie schon Lust, aber sie wollte auf keinen Fall den Häher verpassen. Sie suchte sich eine trockene Unterlage, setzte sich mit dem Rücken an den Stamm auf die Wurzelfüße und schloss die Augen. Als sie gerade zu träumen angefangen hatte, vernahm sie, noch etwas entfernt, das bekannte Rufen der scheuen Spechte. Es kam immer näher. Schnell packte sie alles zusammen und zog sich an den Rand der Lichtung zurück. Und schon kam der Erste angeflogen, hübsch anzusehen mit seinem typisch roten Kopfschmuck. Etwas später landete der Zweite und verschwand sofort in dem ovalen Loch. Bald darauf hörte Merle klopfende Geräusche und aus der Höhle flogen die ersten Holzspäne. Am Innenleben der Höhle musste wohl noch etwas ausgebessert werden.

Der andere Schwarzspecht war mittlerweile ein Stück weiter geflogen und trommelte wie verrückt kräftig gegen einen dicken Ast. Das heißt in der Spechtsprache, dass hier kein anderer was zu suchen hatte. Gern hätte Merle den beiden noch etwas länger zu gesehen, aber der Häher war mittlerweile wieder eingetroffen und ihn wollte sie nicht warten lassen. Flugs kletterte sie auf seinen Rücken und eh sie sich versah, waren sie wieder zuhause angekommen.

Dankend holte sie ihre letzten Haselnüsse aus der Tasche und schenkte sie ihm. Für heute war es genug Abenteuer fand Merle und zog sich zufrieden lächelnd in ihr Zuhause zurück.

Lärchenzauber

Es war wieder einmal so ein trüber und trostloser Spätherbst-
tag, an dem die Sonne so gar keine Chance hatte durch die
dicke Wolkendecke durchzukommen. Dann fiel es Merle
manchmal schwer, trotzdem nach draußen zu gehen. Die
kahlen Laubbäume wirkten wie riesige Kraken zwischen
dem Tannengrün und stimmte sie immer ein bisschen traurig. Ihr fehlten die vielen Grüntöne vom Frühling. Aber das
ist nun mal der Lauf der Jahreszeiten und sie wusste, es hatte
alles seinen Sinn. So konnten sie viel besser den Winterstürmen trotzen und keine Schneelast drückte ihnen aufs Gemüt.
Das Regenwasser erreichte ungehindert den Boden, weil es
an den kahlen Ästen und Stämmen ungehindert herunterlau-
fen konnte und den Speicher der Wurzeln wieder auffüllte.
Und gerade jetzt in der kalten Jahreszeit kam das Wesen der
Bäume erst richtig zum Vorschein.

Da gab es Prachtexemplare, die jeden Schönheitswettbewerb
gewonnen hätten, aber auch verdrehte und krumm Gewachsene. Bei anderen hatte sich der Stamm geteilt und war ein
Stück weiter oben wieder zusammen gewachsen. Das ent-
standene Loch nennt man Feenauge. Manchmal lehnt sich
einer auch am anderen einfach an oder wird umarmt.
Ausgesöhnt mit diesen neuen Entdeckungen, schüttelte sie
ihre Traurigkeit ab, packte die Tasche mit allem, was sie
brauchte und schnappte sich ihr Birkenstöckchen. Das Loch
im Schuh hatte die Mäusemama mit einem Stück Birkenrinde
geflickt und für die Schuhe ein paar dicke Sohlen gebastelt,
so dass ihr auch das Laufen nun keine Schwierigkeiten mehr
machte.

Am vergangenen Abend hatte das gesellige Eichhörnchen sie überraschend besucht und in absoluter Plauderstimmung viel Interessantes aus dem Wald erzählt. So auch von einer besonderen dicken alten Lärche, die unweit des Kiefernhügels am Hang zum Quellgebiet stehen soll. Lärchen, so wird erzählt, sind beseelt und Wohnort guter Geister und Waldfeen, die auch gern mal Menschen in Not helfen. Neugierig geworden, wollte sie heute dahin und sich das selbst ansehen. Sie mochte den Duft, der in der Luft hing, konnte gar nicht genug ihre kleine Nase immer und immer wieder in den Wind halten, um zu riechen. Es machte Spaß unterwegs zu sein und aus lauter Freude hüpfte sie abwechselnd mal auf dem einen und dann auf dem anderen Bein, bis das Gelände etwas unwegsamer wurde und sie aufpassen musste, wo sie ihre kleinen Füße hinsetzte.

Gegen Mittag hatte sie die Stelle gefunden und schon von Weitem gesehen, warum das Hörnchen so geschwärmt hatte. Mächtig thronte die Lärche etwas abseits im oberen Bereich des Südhanges, wirkte kraftvoll und hatte eine magische Ausstrahlung. Merle konnte den Blick nur schwer wieder losreißen. Je näher sie ihr kam nahm sie auch das Weiche und Warme an ihr wahr. Die zarten goldgelben Nadeln lagen als dichter Teppich überall verstreut unter ihren Füßen und sie hatte das Gefühl, wie auf einem Wolkenteppich zu gehen. Schaute sie nach oben, fiel auf, dass ihr Äste ähnlich wie bei der Kiefer in alle Richtungen abstanden. Mit Flechten und Moosen bewachsen hingen sie entweder durch oder streckten sich nach oben, so als wäre es ihnen völlig egal, ob dies einer Norm entsprach oder nicht.

Kleine drall runde Zapfen schmückten die kahlen Äste wie
Weihnachtskugeln und in dem schorfig dicken Rindenmuster
hatten sicher viele Lebewesen vor dem Winter Unterschlupf
gefunden. Sie war tief beeindruckt und hatte schon jetzt die
Lärche in ihr Herz geschlossen.
Müde geworden lehnte sie sich bäuchlings am dicken Stamm
an und merkte schnell, dass ihr Herz ganz allmählich ruhiger
zu schlagen begann. Eine wohlige Wärme durchströmte sie
von oben bis unten und ihre etwas kalt gewordenen Füße
wurden schnell wieder warm. Auch wenn sie es sich nicht
wirklich erklären konnte, hatte sie das Gefühl umarmt zu
werden, wollte diesen Moment noch ein bisschen genießen
und sich dann wieder auf den Heimweg machen. Schließlich
bedankte sie sich für die liebevolle Gastfreundschaft, legte

ihr eine Nuss zu Füßen und versprach wieder zu kommen, um nach ihr zu sehen. In all dem glücklichen Zauber hatte sie nicht mitbekommen, dass sich das Wetter geändert hatte. Ein lauer Wind war aufgekommen und aus den tiefhängenden Wolken über ihr kamen die ersten Regentropfen als feiner Nieselregen herabgefallen. Sie hielt ihr Gesicht dem Himmel entgegen und genoss für einen Moment das herrliche Gefühl der sanften Tröpfchen. Dann sputete sie sich, winkte der Lärche ein letztes Mal zu und machte sich auf den Rückweg. Und wer weiß, was und wer ihr noch alles begegnen wird in diesem zauberhaften Wald.

Winter

Ein erster Hauch von Winter

Fast schlagartig kam über Nacht eine Kaltfront herangezogen und löste die lauen Novembertage ab. Wolkenverhangen und frostig begann der Tag. Die Luft war kalt und es roch nach Schnee, ein Zauberwort für Merle, denn sie liebte ihn, wurde richtig unruhig und wollte dabei sein, wenn die ersten Flocken herunter getrudelt kamen. Dann jubelte alles in ihr und sie wollte tanzend ihr Gesicht den Flocken entgegenhalten. Ohne ein bestimmtes Ziel vor Augen lief sie einfach los und ließ sich treiben.

Mit dem ersten Frost fielen die Bäume in den Winterschlaf. Wer es bis jetzt verpasst hatte, sein Laub abzuwerfen, hatte keine so guten Karten, den Winterstürmen zu trotzen. Jetzt, wo das Laub fehlte, konnte Merle vom Weg aus viel tiefer in den Wald sehen und das sonst eher Verborgene entdecken. Auch den Tierpfaden zu folgen war nun einfacher geworden.

Hinter einer umgestürzten Fichte rückte eine etwas schief gewachsene alte Buche in ihr Blickfeld. Ein dicker Ast war an der einen Seite herunter gebrochen und irgendetwas zog sie regelrecht dahin. Als sie näherkam, sah sie über den dicken Wurzelfüßen einen eigenartigen Knubbel sitzen, so groß wie eine Walnuss. Neugierig und vorsichtig betastete sie das runde Etwas, ähnlich einer Perle, als es plötzlich abfiel und im Laub verschwand. Sie musste eine Weile danach suchen. In ihrer kleinen Hand haltend fühlte es sich fest und warm an. Vorsichtig versuchte sie die schützende Rinde abzubekommen und eine herrliche Maserung kam zum Vorschein. Noch nie hatte sie etwas so Wunderschönes gesehen. Sie ahnte, dass es ein besonderes Geschenk war, was sie bekommen hatte und umarmte dankbar die Buche noch einmal.

Den Schatz ganz fest in ihrer Hand haltend zog sie weiter. Den Blick erwartungsvoll zum Himmel gerichtet übersah sie die dicke Baumwurzel, die herausragte und landete bäuchlings auf dem Boden. Ihr Gesicht versank etwas unsanft im nass kalten Moos und sie hielt vor Schreck die Luft an. Schnell hatte sie sich wieder gefangen, hob den Kopf und schüttelte die Tropfen ab. Vor ihren Augen tauchten lauter kleine Zaubertannenbäumchen auf, Moospflänzchen, die kerzengerade nach oben ragten und sich wie abgesprochen in gleicher Höhe zusammen schlossen zu einem Teppich. Wie langes Frauenhaar sahen manche aus, geschmückt mit kleinen Wasserperlen. Andere ähnelten Palmenwedeln und überspannten den Boden wie einen Miniaturwald. Sie konnte sich gar nicht satt sehen an dem herrlichen Grün.

Dann fiel ihr der Schnee wieder ein und sie drehte sich, erneut den Himmel beobachtend, auf den Rücken. Zwischen den kahlen Kronen der Laubbäume, die wie gigantische Greifarme aufgespannt waren, konnte sie weit nach oben sehen. Und tatsächlich, da kamen die lang ersehnten ersten Flocken herabgeschwebt, setzten sich auf ihr Gesicht und schmolzen sofort zu Tröpfchen zusammen. Auf ihrem Mäntelchen blieben sie länger sitzen und sie konnte sie staunend bewundern, wusste sie doch, dass jeder einzelne Kristall so nur einmal auf der Welt vorkommt.

Langsam spürte sie den kalten Boden, rappelte sich auf, froh darüber, dass alles heil geblieben war. Eine tiefe Freude krabbelte langsam in ihr hoch und machte sich mit einem Jauchzer Luft. Die Arme ausgebreitet hüpfte sie tanzend weiter. Mit dem Schnee kam allmählich eine Stille über den Wald, die alles betraf. Die noch eben gehörten zarten Vogelstimmen verstummten und jegliche anderen Geräusche wurden verschluckt. Die Flocken deckten nach und nach alles zu und hüllten den Wald in einen friedvollen Mantel. Und auch in Merle wurde es nun leise. Langsam machte sie sich auf den Heimweg, kleine Fußabdrücke im frisch gefallenen Schnee zurücklassend.

Schneeflockenzauber

Es war nun Mitte Dezember geworden. Eine graue dichte Wolkendecke überzog den ganzen Himmel an diesem Morgen und verbreitete eine etwas trübsinnige Stimmung. Einzelne Schneeflocken kamen trudelnd herunter geschwebt und lockerten alles etwas auf.

Merle lag an diesem Morgen noch immer warm eingekuschelt in ihrem Bettchen und hatte keine so rechte Lust aufzustehen. Gegen Mittag wurde es ihr jedoch zu langweilig und sie beschloss eine kleine Waldrunde zu drehen. Der Wind hatte aufgedreht und sorgte für ein dichteres Flockentreiben. Nun machte es erst recht Spaß sich in dem stürmischen Gestöber aufzuhalten.

Die unterschiedlich großen Schneekristalle wirbelten einzeln oder zu kleinen Klümpchen geballt in der Luft umher. Kam die nächste Windböe, schloss Merle lachend die Augen und streckte ihr Gesicht dem Treiben entgegen, jede Flocke genießend, auch, wenn durch die nasskalte Massage ihre Wangen langsam zu kribbeln begannen. Nach und nach verzauberte das Weiß den Wald und seine Bewohner. Es sah aus, als hätte jemand mit einem großen Sieb alles eingepudert. Am schönsten fand Merle die kleinen und großen Fichtenbäumchen mit ihren verschneiten Zipfelmützen. Und auch die vielen „Moosknubbel" an den Baumrinden der Laubbäume, die aussahen, wie angeklebte Pralinen mit Zuckerguss, waren hübsch anzusehen. Nur auf den Wegen und einzelnen Tierpfaden, wo der Boden noch zu warm war, taute die Pracht sofort zu Wassertröpfchen zusammen.

Selbst an herabhängenden Spinnfäden sammelten sich die Flocken und bildeten herrlichste Kunstwerke, die im

Rhythmus des ruhig gewordenen Windes mal mehr und mal weniger tanzten. Wie viele es davon im Wald tatsächlich gab wurde erst jetzt richtig sichtbar. Und auch am Boden verfingen sich die Kristalle in den Netzen wie in schaukelnden Hängematten. Verzaubert von all der Schönheit um sie herum blieb sie immer wieder staunend stehen. Da der Luftgeist nun etwas sanfter unterwegs war, hatte Merle sich ihre Mütze hinter die Ohren geklemmt, um besser hören zu können. Still war es überall geworden, selbst die Wintervögel waren verstummt. Sie hatte das Gefühl als wäre der Wald in einen tiefen Schlaf gefallen. Es schien auch niemand sonst an diesem Tag unterwegs zu sein. Getroffen hatte sie jedenfalls noch keine Seele, obwohl sie sehr wohl wusste, dass es hier viel mehr Wesen gab, als man mit bloßem Auge sehen konnte. Ab und zu vernahm sie ein leises Klopfen, was ihr verriet, dass die Kleinsten unter den Gefiederten mit der Nahrungssuche beschäftigt waren. Selbst die sonst so aktiven Spechte hörte man heute nicht.

Mitten in diese Stille hinein krachte es plötzlich ein Stück entfernt im dichten Tannengrün. Dann war es wieder still. Lauschend versuchte sie herauszubekommen, was es gewesen sein könnte, denn zu sehen war nichts, dafür war sie zu weit weg. Vielleicht hatte ein großer morscher Ast keinen Halt mehr gefunden und war der Schwerkraft folgend herunter gebrochen. Um Nachzusehen war ihre Neugier nicht groß genug und so widmete sie sich lieber wieder dem Schneezauber ringsumher. An einer besonders schön gewachsenen dicken Fichte, die etwas zurückgesetzt vom Weg stand, fiel ihr plötzlich ein Knubbel auf. Mit einem erwartungsvollen Kribbeln im Bauch fragte sie erst einmal, ob sie näherkommen durfte. Als sie ein einladendes Ja spürte, trat

sie heran und erkannte sofort, dass es kein Harzklümpchen
war, sondern tatsächlich eine Baumperle. Vorsichtig versuchte sie daran zu wackeln, um herauszufinden, ob sie schon reif
gepflückt werden wollte. Ohne großen Widerstand gab diese
nach und landete in ihrer kleinen Hand. Sie lehnte dankend
die Stirn für einen kurzen Augenblick an die raue Rinde und
legte noch ein paar Nüsse zwischen die Wurzelfüße.
Hoch oben im Wipfel vernahm sie das zarte Stimmchen
eines Wintergoldhähnchens und auch das leise Wispern der
Tannenmeisen gesellte sich dazu. An einem Ebereschen-
bäumchen, das noch schwer behangen mit den vertrockneten
Beeren vom Herbst dastand, tummelten sich Kohlmeisen.
Schaukelnd und kopfüber hingen die Akrobaten an den
Dolden, pickten sich die Kerne heraus und sorgten so dafür,
dass die gerade erst entstandenen Schnee-
hauben sacht wieder herunterrieselten.
Sie hätte noch ewig diesem
Zauber zusehen
können, aber die
langsam kalt
werdenden
Füße erinnerten
sie daran, dass
es für heute genug
Abenteuer gewesen
war. Schweren Herzens
machte sie sich auf den Heimweg, hoffend, dass es nicht der
letzte Schneezauber sein würde
in diesem Winter.

Unterwegs im Winterwald

Es war die letzten Tage ungewöhnlich warm gewesen für
Ende Januar und Merle hatte die Hoffnung nach Schnee bereits aufgegeben. Das erste Grün von Vogelmiere und Kres-
se entlang der Waldränder zeigte sich bereits und war eine
willkommene und gesunde Abwechslung zum gewohnten
Speiseplan. Auch die Vögel zwitscherten schon in erwar-
tungsvoller Vorfrühlingslaune. Die Knospen an den Bäumen wirkten prall und die männlichen Haselkätzchen boten
bereits ihre Pollen dem Windgeist zum Weitertragen an. Und
dann kam er doch noch einmal zurück, der Winter, so schnell
gab er sich noch nicht geschlagen. Es war kälter geworden
und gegen Abend rieselten die ersten Flocken.
Als Merle am nächsten Morgen vor die Tür getreten war
rutschte ihr vor Freude ein lautes JUCHU heraus, denn die
weiße Pracht hatte über Nacht alles verzaubert. Und es begann erneut zu schneien, ganz langsam und sacht. Keine Frage, sie musste unbedingt hinaus. Schnell hatte sie sich warm
eingemummelt, die Locken unter die Bommelmütze gestopft,
nach dem Stöckchen gegriffen und war freudig hüpfend los-
gestürmt.
Auch wenn die Sonne vergeblich versuchte, ihr Licht durch
die dichte Wolkendecke zu schieben, sorgte das Weiß überall
trotzdem für eine wohltuende und aufmunternde Helligkeit.
Die Luftgeister schliefen offensichtlich noch, denn sie spürte
kein Lüftchen um ihre Stupsnase wehen. Der Schnee unter
ihren Füßen knirschte und sie genoss es, Schritt für Schritt.
Mit dem Blick nach unten wollte sie herausfinden, wer heute
Morgen schon unterwegs gewesen war. Doch die neuen Flocken hatten bereits sämtliche Spuren wieder zugedeckt.

Während sie verträumt den tanzenden Kristallen nachsah, die sich langsam trudelnd übereinanderstapelten und die schützende Decke immer dicker werden ließen, wurde sie nachdenklich bei der Frage, warum der Schnee so ein friedvolles Gefühl der Ruhe bei ihr auslöste. Und dann wurde es ihr bewusst: Es war die Langsamkeit und Stille, mit der es geschah. Zusammen mit dem Weiß, das alle Farben in sich vereint, wirkte alles rein und freundlich. Es schien nicht nur still geworden zu sein, auch alle Gerüche wurden verschluckt.

Die Gefiederten saßen aufgeplustert auf ihren Ästen und Zweigen, ließen sich einschneien und warteten ab. Und auch die Vierbeiner hatten sich schon längst unter den herabhängenden schneebedeckten Fichtenzweigen ein geschütztes

Plätzchen gesucht oder waren in ihren trockenen Höhlen verschwunden. Und doch gab es Bewegung im Wald und auf dem Boden. Im Reisighaufen vor ihr sah sie einen Zaunkönig verschwinden, was nachfolgend den Schnee ins Rutschen brachte. An der dicken Kiefer gegenüber begann gerade ein unscheinbar grau weiß geschipperter Baumläufer flink seine aufsteigende Baumumrundung, auf der Suche nach Futter. Er hat für seine Größe einen ziemlich langen und gebogenen Schnabel und konnte damit wunderbar unter der Borke nach kleinen Insekten und Larven bohren. Ist er bei seiner Suche oben angekommen, fliegt er hinunter und beginnt am Stammfuß seine Erkundungsrunde erneut. Merle würde ihm gern noch ein Weilchen dabei zusehen, aber ihre Füße wurden langsam kalt und sie musste sich bewegen. Im Wechselschritt hüpfte sie so gut es ging den Weg entlang, den quer verlaufenden zugeschneiten Wurzeln vorsichtig ausweichend.

Plötzlich versperrte ihr eine umgestürzte Fichte das Weiterkommen. Auf der einen Seite des Weges ragte der gigantische Wurzelteller wie ein Riesenkrake in die Luft und gegenüber lag die Krone, übervoll mit Zapfen behangen, nun gebrochen zwischen benachbarten Bäumen am Boden. Durch den Aufprall hatte es viele der Früchte abgetrennt und kreuz und quer verstreut. Zwei Jahre dauert es bis Fichtenzapfen ihre Samen frei geben, diese konnten es nun nicht mehr tun. Merle suchte sich eine passende Stelle, schlüpfte unter dem Stamm hindurch und blickte, den Gestrandeten in Gedanken noch einmal umarmend, kurz zurück, bevor sie weiterzog. Mitten in diese Stille hinein vernahm sie entfernt mehrmals hintereinander den Trommelwirbel eines Buntspechtes. Offensichtlich gab es Stress mit seinen Reviergrenzen und er

musste klarstellen, wer hier zuhause war. Schon bald darauf
hatte sie einen kleinen Stausee erreicht, der still und friedlich
vor ihr lag. Am Zulauf gluckste und murmelte es. Sie hockte
sich einen Augenblick hin und hörte dem munteren Geplau-
der der Wassergeister zu. Um die kleine baumbewachsene
Insel in der Mitte des Sees hatte sich eine Eisdecke gebildet,
die fast bis ans Ufer reichte und zugeschneit wunderschön
aussah. Weit und breit war kein Lebewesen zu sehen oder zu
hören.

Schade, dass bei diesen winterlichen Temperaturen ein län-
geres Verweilen an so einem zauberhaften Ort fast unmöglich war, ohne dass langsam die Kälte heraufgekrabbelt kam.
Trotzdem genoss sie die Stimmung noch einen Moment und
machte sich schließlich, diesmal dem Weg am unteren Ende
folgend, wieder auf den Heimweg. Schon bald vernahm sie
entfernt ein bekanntes Geräusch. Abrupt blieb sie stehen und
horchte. Und tatsächlich, sie hatte sich nicht geirrt: Ganz in
der Nähe waren Baumfällarbeiten im Gange. Auf dem Weg
vor ihr tauchte eine frische Spur im Schnee auf, die aus der
Richtung der Holzarbeiter kam, quer über den Weg verlief
und auf der anderen Seite im Unterholz verschwand. Sie
gehörte einem Wildschwein, das wohl um seinen Schlafplatz
gebracht worden war. Als sie an der nächsten Wegbiegung
ankam, sah sie mehrere riesige frisch aufgetürmte Polterhau-
fen rechts und links entlang des Hauptweges liegen. Dieser
Anblick machte sie jedes Mal aufs Neue hilflos und traurig
und sie beschloss, umzukehren. Auf dem gleichen Weg, wie
sie gekommen war, pilgerte sie nun langsam zurück und war
schon bald wieder ausgesöhnt mit der Stille des Waldes und
diesem wunderschönen Wintertag.

Die Gefiederten

Merle war heute Morgen durch die Schimpftiraden des Hähers wach geworden. Der Himmel hing voller grauer dicker Wolken, aus denen es ab und zu tropfte. Trotzdem hatte sie Lust auf eine kleine Runde. Der Boden, nass und aufgeweicht, quietschte ein bisschen beim Laufen unter ihren Füßen. In Mulden und Senken hatte sich Tauwasser gesammelt und Merle musste ihr Stöckchen als Sprunghilfe nutzen, wenn es nicht weiter ging. Das Schneewasser hatte die umliegenden Bäche gefüllt. Die Moospolster leuchteten zwischen dem braunen Laub und ab und zu guckte der Pilzkopf eines Helmlings hervor.

Merle war in ihrem neuen Waldzuhause inzwischen gut angekommen und hatte schon viele neue Freunde gefunden. Die Umgebung und ihre Bewohner waren ihr vertraut geworden, wobei die Gefiederten ihr besonders ans Herz gewachsen sind. Viele erkannte sie schon an ihren Stimmen. Das Rotkehlchen mag sie am liebsten, warum weiß sie auch nicht so recht. Dabei hatte sie anfangs immer Schwierigkeiten, ihren Liebling nicht mit dem Zaunkönig zu verwechseln, denn beide Stimmen ähneln sich. Aber wenn der Kleinste unter den Vögeln schimpft, klingt es ein bisschen rauer, lauter und nicht so melodisch wie beim Rotkehlchen.

Als sie wieder einmal unterwegs war, vertieft nachdenkend, hörte sie über sich plötzlich ein lautes und kräftiges Flügelschlagen. Instinktiv duckte sie sich ins Moos und schaute nach oben. Ein Schwanenpaar flog ganz dicht über die Baumkronen hinweg Richtung Waldgrenze. Das diese großen schweren Vögel überhaupt fliegen konnten fand sie schon erstaunlich. Kopfschüttelnd ging sie weiter und vernahm keine fünf Minuten später ein vertrautes Rufen aus dem Reisighaufen am Wegesrand – der Zaunkönig. Merle blieb sofort stehen und versuchte sich ganz langsam in die Richtung zu drehen aus der das Schimpfen kam. Sie hatte Glück und erkannte ihn sofort mit seiner hellen Brust und dem typischen steil nach oben stehendem, kurzem Schwanz. So klein und flink, mit perfekt getarntem braunem Gefieder war es fast unmöglich, ihn im Wirrwarr des Unterholzes zu entdecken.

Seine niedlichen Knopfaugen beobachteten sie aus sicherer Entfernung und sie hatte Mühe seinem Auf und Ab im Gestrüpp folgen zu können. Schon bald störte ihn Merle's Anwesenheit nicht mehr und er widmete sich wieder seiner Jagd nach Insekten und Spinnen. Später im Jahr, wenn der Frühling Einzug gehalten hat, wird er wieder mehrere Nester bauen, seine Braut eins davon aussuchen lassen und sich vorbildlich mit um die Aufzucht der Jungen kümmern, das wusste sie bereits. Es freute sie, ihm begegnet zu sein und sie setzte lächelnd ihren Weg fort.

Die Tage wurden jetzt langsam wieder länger und die Sonne stieg täglich ein kleines Stück höher. Es tat gut nach den so vielen trüben und dunklen Tagen. Das spürte nicht nur sie, auch die Vögel und anderen Waldbewohner wurden aktiver. Die im letzten Spätsommer angesetzten Knospen der Laubbäume ahnten den kommenden Frühling ebenfalls. So schnell würde der Winter allerdings nicht aufgegeben und zum Zeichen dafür wehte er Merle den Wind kalt und kräftig um die Nase. Doch den Frühling konnte er trotzdem nicht aufhalten, worüber sie froh und dankbar war. Eine kräftige Windböe wirbelte einen Schwung Blätter tanzend wie einen Kreisel über den Weg und zauste und rüttelte wie ein wütender Wicht an ihrem Mäntelchen herum.

Wenn Merle hinauf in die Baumkronen schaute, die wie ein Segelschiff im Sturm mächtig hin und her schaukelten, wurde ihr schon beim Zusehen ganz schwummrig. Am Stamm angelehnt spürte sie das Schwanken sogar bis hier unten. Was für urige Kräfte. Einerseits begeistert sie dieses Fauchen und Heulen des Windes, wenn er mit Schwung angebraust kam, wie ein Derwisch und alles durcheinander rüttelte. Andererseits jagte ihr seine kraftvolle Unberechenbarkeit auch manchmal etwas Angst ein. Auf einmal hörte sie es plötzlich auf der anderen Wegseite laut krachen und drehte sich um. Ein morscher dicker Ast einer alten Buche war einfach herunter gebrochen. Sie war froh, nicht an dieser Stelle gestanden zu haben, denn dann wäre nichts mehr von ihr übrig gewesen. Langsam wurde es nun doch ungemütlich und auch gefährlich. Sie wollte nichts riskieren und so schnell sie ihre Füße tragen konnten, sauste sie zurück ins sichere Zuhause, froh darüber, dass ihr nichts weiter passiert war.

Frühling

Seltene Gäste

Mittlerweile war es Ende Februar geworden. Die Sonne hatte schon längere Zeit vergeblich versucht, den dichten Wolkenteppich zu durchdringen. Grau, trüb und nasskalt wechselte ein Tag den anderen ab und seit zwei Tagen fegten ruppige Windböen durch den Wald. Immer wieder hörte sie ein Pfeifen und Krachen, wenn die Luftgeister die Baumkronen durchrüttelten und vertrocknete, morsche Äste herumwirbelten. Sie verspürte bei diesem Wetter keine so rechte Lust, länger draußen herumzustromern und verkroch sich lieber in ihrer warmen Stube.

Alle im Wald sehnten sich nach Sonnenwärme und Licht. Als sie an diesem Morgen die Augen aufschlug war es überraschend still. Vorsichtig steckte sie ihren Lockenkopf vor die Tür und blickte erstaunt in ein strahlend gelbes Gesicht. Was für eine Freude. Die ersten Vogelstimmen begrüßten bereits den frostig kalten, aber freundlichen Tag. Merle wurde ganz unruhig und wollte so schnell wie möglich endlich wieder hinaus. Flink hatte sie sich ein kräftiges Frühstück gezaubert und kauend überlegt, wohin sie ihren Ausflug am besten lenken sollte. Sie erinnerte sich an die Erzählung des Hähers vor ein paar Tagen, der am See im Waldgebiet hinter den großen Feldern Kraniche gehört hatte, was für diese Gegend ziemlich ungewöhnlich war. Sie mochte die grazilen Vögel und ihre trompetenden Rufe sehr und würde am liebsten sofort aufbrechen wollen. Allerdings wäre das für sie mehr als ein Tagesmarsch, um dahin zu gelangen. Schade, dann musste sie dieses Ziel halt noch einmal verschieben, bis sie den Häher um die fliegende Unterstützung bitten konnte.

Und so beschloss sie, heute einfach ihrer Intuition zu folgen und offen zu bleiben für das, was ihr begegnen wird. Schnell hatte sie alles Nötige eingepackt und marschierte fröhlich vor sich hin summend dem neuen Tag entgegen.

Sie war schon eine Weile unterwegs, als sie plötzlich das Gefühl hatte, stehen bleiben zu müssen. Irgendetwas war anders als sonst. Mit all ihren Sinnen versuchte sie zu erfassen, was es war. Und dann wurde es ihr bewusst. Es war das zurückgekehrte Licht und eine erwartungsvolle Stimmung lag in der Luft, so als warteten alle auf ein Zeichen. Am Boden entdeckte sie die kleinen Blättchen des Scharbockskrautes, die sich durch das nasse Laub ihren Weg ans Licht gebahnt hatten. Und das waren nicht die einzigen Mutigen. Überall, wo die wärmenden Strahlen auf den Boden trafen, hatte sich das erste zaghafte Grün herausgetraut. Die Gefiederten schwirrten lebhaft durch die Baumkronen und steckten Merle mit ihrer munteren Emsigkeit an.

Unweit des munter plätschernden Bächleins gab es einen dicken alten und verwitterten Baumstamm, ausgehöhlt und mit Spechtlöchern übersät. Die Reste der heruntergebrochenen Krone lagen am Boden verstreut. Mittendrin sah Merle ein rotes Eichhörnchen wuseln. Noch hatte es sie nicht entdeckt und sie konnte in aller Ruhe der Geschäftigkeit des Hörnchens zusehen, als sie aus dem Augenwinkel noch eine Bewegung wahrnahm. Oberhalb des Stumpfes tauchte ein schwarzes Kleineres auf und raste den Stamm mehrfach umrundend, gefolgt von einem weiteren, rauf und runter. Bei diesem Gewusel fiel es Merle schwer, alle im Blick zu behalten. Mittlerweile hatte sie das Rote entdeckt und floh schwanzschlagend und dem typischen Duck-Duck-Duck auf die benachbarte Buche. Den Blick und die Puschelohren in ihre Richtung gedreht, blieb es auf dem dicken Querast hoch oben sitzen, während die anderen im Stumpen verschwunden waren.

Und dann hörte sie näherkommend das ihr vertraute Lachen des Hähers und sah ihn auf dem etwas schief gewachsenen Holunder landen. Wie freute sie sich über die unverhoffte Begegnung und fragte ihn auch gleich, ob er sie zum See bringen könnte. Da auch er diesen herrlichen Tag umherfliegend nutzen wollte, war er gern bereit. Schnell saß Merle auf seinem Rücken und in luftiger Höhe. Oh, wie liebte sie dieses Abenteuer so hoch oben, die Sonne wärmend im Rücken, den kalten Wind um die Nase und diesen Ausblick. Und dann hörte Merle das Trompeten noch eher als sie sie sah. Der Häher setzte sie am Ufer ab und wollte sie später wieder abholen. Den Blick auf die andere Seeseite gerichtet, merkte sie, wie ihr auf einmal vor Freude das Herz höherschlug.

Warum sie so fasziniert, war von diesen geheimnisvollen
Vögeln konnte sie gar nicht sagen. Aber schon wie das Paar
über die Wiese schritt, so gemessen, selbstbewusst und ruhig
hier und dort nach Futter suchend, war wunderschön anzusehen. Und als sie dann tanzend, grazil umeinander herum,
die Flügel schwangen, elegant und federnd hochsprangen,
ebenso tänzerisch wieder landeten und bei ihrem Tanz kurze
Laute hören ließen oder diesen mit einem Duettruf been-
deten, da jubelte alles in ihr. Wie hypnotisiert schaute sie
ihnen versunken zu und hätte ewig so selig lauschend stehen
bleiben können.

Schneller als ihr lieb war tauchte der Häher wieder auf.
Wider-strebend löste sie sich von diesem Zauber und winkte
ihnen glücklich lächelnd ein letztes Mal zu. Dann schwang
sie sich auf den Rücken des Vogels, vergrub ihre Hände tief
in das Federkleid und Schwupps ging es heimwärts. Sie bedankte sich mit ein paar Nüsschen, kraulte ihn kurz unter
dem Schnabel und machte sich noch einmal auf zur Mäusemama. Dort wartet immer ein warmer Kakao und ein offenes
Ohr auf sie, denn all das Erlebte wollte sie unbedingt mit
jemandem teilen.

Wölfe

Vom morgendlichen Vogelgezwitscher geweckt, freute sich Merle auf den heute geplanten Ausflug auf die weiter entfernt liegende Waldseite. Sie vermisste schon längere Zeit die Anwesenheit der Wölfe in ihrer Gegend und hoffte, sie dort zu finden. Mit ihren kleinen Füßen bräuchte sie allerdings wieder mehr als eine Tageslänge, um dahin zu gelangen. Auch diesmal willigte der Häher gern ein, sie fliegend dahin zu bringen.

Die erste Begegnung mit den Wölfen lag schon eine ganze Weile zurück. Unverhofft war sie ihnen an einem trüben Nachmittag im Herbst begegnet. Abseits eines Waldweges hinter einem niedrigen Fichtenbestand lockte eine Lichtung mit vielen Birken zwischen dem mäandernden Bächlein. Es roch intensiv nach Herbst und kein Lüftchen regte sich. Still stand sie da und horchte, als sie weiter hinten eine Bewegung wahrnahm. In diesem unwegsamen Gelände sah es aus, als würde ein großer Hund in ihre Richtung gelaufen kommen. Beim Näherkommen erkannte sie, dass es Wölfe waren.

Von dem Rudel in dieser Gegend wusste sie, hatte aber nicht damit gerechnet, diese scheuen Wesen je zu Gesicht zu bekommen. Schwankend zwischen neugierig stehen zu bleiben oder doch lieber den Rückzug anzutreten, entschied sie sich für letzteres. Zurück auf dem Weg konnte sie mit pochendem Herzen immer noch nicht glauben, was sie da soeben erlebt hatte, und wirkte noch lange in ihr nach.

Doch heute wollte sie erst einmal versuchen, ihre Spuren wieder zu finden. Ungeduldig stand sie wartend am vereinbarten Treffpunkt. Die vorbeiziehenden Wolkenhaufen ließen ab und zu die wärmenden Sonnenstrahlen durch, als der Häher endlich angeflogen kam. Merle's Begeisterung für dieses Flugabenteuer war ungebrochen und sie würde am liebsten gar nicht wieder absteigen wollen. An einer großen freistehenden Buche setzte er sie ab und flog davon.

In aller Ruhe schaute sie sich in der ihr unbekannten Gegend um. Auf der linken Seite trennte ein breiter Wassergraben den niedrigen und undurchdringlich wirkenden Fichtenwald vom ausgetretenen Trampelpfad. Rechts waren die Bäume höher gewachsen, aber nicht weniger dicht. Merle folgte einfach dem Pfad, an dem ab und zu rechts eine Schneise abzweigte oder von einer kleineren Lichtung unterbrochen wurde. Wenn sie ein Wolf wäre, würde sie genau hier ihren Unterschlupf wählen. Es dauerte auch nicht lange und sie fand die ersten Zeichen ihrer Anwesenheit, Hinterlassenschaften mitten auf dem Weg. Es waren keine frischen, aber definitiv von ihnen. Wölfe nutzen gern auf ihren Wanderungen die Menschenwege und markieren so gleichzeitig die Reviere. Ihrem Gefühl vertrauend folgte sie dieser Spur immer weiter, kreuz und quer durch den Wald und landete

schließlich wieder müde und geschafft vom Laufen am Aus-
gangspunkt. Zufrieden lächelnd setzte sie sich an die Buche
und genoss die wenigen Sonnenstrahlen. Der kräftig pusten-
de Wind brachte den Regen mit und sie zog sich unter eine
große Fichte mit tief herunterhängenden Zweigen zurück.
Sie mochte das Geräusch der Tropfen und den Geruch, den
er mit sich brachte.

In Gedanken versunken merkte sie gar nicht, dass mittlerweile der Häher eingetroffen war. Als sie ihn ansah, so
pitschnass wie er war, musste sie sich das Lachen verkneifen,
denn es sah zu komisch aus. Er kam zu ihr unter die Fichte
gehüpft und begann sich putzend sein Gefieder wiederher-
zurichten. Gemeinsam warteten sie ab, bis es aufklarte, bevor
sie zurückflogen.

Regentropfenspaß

Als Merle heute Morgen den Kopf heraussteckte, um nach dem Wetter zu sehen, wunderte sie sich nicht über die feucht wabernde Regenluft. Der Föhnwind hatte gestern Abend bereits den Wetterumschwung angekündigt. Etwas wärmer ist es geworden und der Wind kaum noch zu spüren. Aber deswegen zuhause bleiben kam nicht in Frage. Sie wollte zum Bächlein am Quellgebiet wandern und sich vom feinen Nieselregen ihre gute Laune nicht verderben lassen. Der matschig aufgetaute Boden wurde ab und zu von Pfützen unterbrochen und erschwerten das Vorwärtskommen. Um die Größeren machte sie einen Bogen, aber bei den Kleinen konnte sie sich nicht beherrschen. Mit Wonne sprang sie hinein und freute sich an dem spritzenden Wasser. Mittlerweile hatte der Regen aufgehört und es tropfte nur noch von den Bäumen herunter. Überall glitzerten an den Ästen und Zweigen die Wassertröpfchen, aufgereiht wie Perlenketten.

Und wenn sie ihre kleine Hand ausstreckte und vorsichtig an einen Zweig stupste, rieselte alles herunter. Sie hatte so eine Freude dabei, dass sie gar nicht bemerkte, wer sie beobachtete. Aus dem Rest eines umgestürzten hohen Baumstumpfes guckte der Kopf eines Waschbären mit dem typischen weißen Querstreifen über den lustigen Knopfaugen hervor. So ein wundersames Wesen hatte er vorher noch nie gesehen und von Natur aus neugierig kam er langsam näher. Immer noch vertieft in ihre Tropfenspiele hörte sie ihn erst, als er niesen musste. Erschrocken drehte sie sich um und plumpste auf ihr Hinterteil. Schnell rappelte sie sich wieder auf und versuchte den Matsch von ihrem Mäntelchen zu streichen. Wer war das denn, den hatte sie hier noch nie gesehen? Etwas verlegen entschuldigte er sich, denn erschrecken wollte er sie nicht. „Ich bin Willi", stellte er sich vor. Er hatte in einer entfernten Siedlung gewohnt, wo nun kein Platz mehr für ihn war, und suchte hier im Wald ein neues Zuhause. Wasser und alte Baumstümpfe mag er sehr. Merle gefiel der putzige Geselle und sie lud ihn ein ihr Gesellschaft zu leisten. Gemeinsam zogen sie plaudernd weiter bis der Bach hinter der Wegbiegung auftauchte.

Erneut hatten sich dicke Regenwolken am Himmel über dem Wald zusammengeschoben und die ersten Tropfen platschten auf den Boden. Während Merle wiede die Kapuze über ihre Locken zog, schien Willi das Nass überhaupt nicht zu stören. Sie folgten dem parallel zum Weg verlaufenden Bach noch ein Stück bis zu einer krummen Holzbrücke. Am rechten Ufer hatten angespülter Sand und Kies eine kleine Insel geformt. Als Merle sich die Stelle näher ansah konnte sie unterschiedliche Spuren erkennen. Offensichtlich nutzten viele Tiere den Platz zum Trinken. Während sie versuchte herauszubekommen wer heute schon hier gewesen sein musste, wurde sie magisch vom Geräusch der Regentropfen auf dem Wasser angezogen. Fasziniert hockte sie sich hin und sah dem Tropfentanz zu. Jeder einzelne, der hineinsprang, hinterließ Wellenringe, die alle ineinanderliefen und die Wasseroberfläche in ein wunderschönes Muster verwandelte. Wie lange sie so dem Zauber zugesehen hatte, wusste sie nicht mehr, als ihr plötzlich Willi wieder einfiel. Sie entdeckte ihn weiter unten am anderen Ufer. Auf der Suche nach Leckerbissen hatte er den Untergrund mit seinen sensiblen Pfoten abgetastet und dabei alles aufgewühlt. Durch nichts ließ er sich in seiner Beschäftigung stören. Mit dem Regen stieg der Wasserspiegel und verwandelte das ruhige Bächlein langsam in einen lebhaft rauschenden Bach. Jetzt wurde es gefährlich für Merle und sie musste aufpassen, vom Wasser nicht mit gerissen zu werden. Langsam kroch ihr auch die Nässe unter die Haut und ließ sie frösteln. Sie sehnte sich nach ihrem trockenen Zuhause. Willi hatte noch keine Lust, den Bach zu verlassen, was Merle verstehen konnte. Sie rief ihm ein Tschüss zu, winkte noch einmal und machte sich allein auf den Heimweg. Dass sie sich wiedersehen werden, da war sie sich sicher.

Eine besondere Begegnung

Schon mehrmals hatte Merle sich vorgenommen nachzusehen, ob das Nest der Raben nach dem letzten großen Sturm
noch da war und immer ist etwas dazwischengekommen.
Heute sollte es endlich klappen. Der Wind pustete wieder
kräftig seit dem Morgen, aber das hielt sie nicht ab. Ausge-
rüstet mit ihrem Fernglas, dem Stöckchen und etwas Pro-
viant in der Tasche marschierte sie los.
Weiße und graue Wolkentürme zogen in einem rasanten
Tempo über die Baumkronen und schüttelten ab und zu
kleine Tröpfchen herunter. Und auch die Sonne bekam hin
und wieder die Chance, ihr wärmendes Licht über dem Wald
auszustrahlen.
Im Revier der Raben angekommen schaute sie mit dem Fernglas immer wieder die Kieferkronen ab, konnte jedoch nir-
gendwo das Nest entdecken. Sollte der Sturm es tatsächlich
zerstört haben? Das konnte einfach nicht sein. Nach einer
kurzen Pause wollte sie erneut die Baumkronen absuchen.
Der dicke Baumstumpf vor ihr schien wie geschaffen für
eine Rast. Sie holte sich einen Apfel aus der Tasche, als sie
entfernt die Raben kommen hörte. Schnell zog sie sich etwas
zurück und beobachtete, wie sie über den Wipfeln gleitend
näherkamen. Offensichtlich hatten die schlauen Vögel sie
noch nicht entdeckt. Mit einer Leichtigkeit gaukelten sie,
den Wind ausnutzend, spielerisch am Himmel und drehten
immer wieder ihre Runden, bevor sie sich auf einer großen
Kiefer niederließen. Die tiefen knarzenden Gluckslaute, mit
denen sie sich verständigten, waren Musik in Merle's Ohren.
Sie versuchte sich die Landestelle einzuprägen um später
nachzusehen, ob das Nest vielleicht dort zu finden war.

In Gedanken versunken, bemerkte sie erst eine ganze Weile später, dass die Raben nicht mehr zu hören waren. Sie schnappte sich erneut ihr Fernglas, fand die Kiefer schnell und entdeckte tatsächlich fast ganz oben in der eigenartig gekrümmten Astgabel das Nest. Erleichtert und froh darüber packte sie ihre Sachen zusammen. Und wenn sie Glück hatte, konnte sie vielleicht schon bald junge Raben beobachten. Beschwingt trällernd zog sie weiter. Die sich durchkämpfenden Sonnenstrahlen lockten sie vom Hauptweg in ein unwegsames Gelände mit vielen umgestürzten Bäumen. Es war nicht leicht vorwärtszukommen. Manchmal konnte sie unten durchkrabbeln oder drüber klettern, aber oft half nur ein Umgehen. Auch eine stattliche Zitterpappel hatte es nicht geschafft dem Sturm Paroli zu bieten. Der schöne Baum mit der silbrig glänzenden Rinde lag tot auf dem Boden und die Knospen waren zum Teil schon aufgeplatzt. Nicht nur in diesem Jahr, sondern nie wieder wird dieser Baum je seine Samen auf die Reise schicken können und das war schade. Mit dem Zeigefinger berührte sie ganz sanft das Weiß der Puschel – es fühlte sich weich und zart an. Nur schwer konnte sie sich davon losreißen. Sie wusste, dass in der Natur nichts verloren geht, alles geht zurück in den Kreislauf des Lebens.

Aber trösten konnte sie das in dem Moment nicht wirklich. Nachdenklich zog sie weiter und hatte bald darauf das Gefühl beobachtet zu werden. Sie drehte ihren Kopf nach rechts und blieb abrupt stehen, unfähig sich zu bewegen. In einiger Entfernung stand sie ohne Vorwarnung einem Wildschwein gegenüber. Wie lange sie sich beide so angesehen hatten, konnte sie später nicht mehr sagen. Als plötzlich ein zweites auftauchte und unruhig in ihre Richtung gelaufen kam. Merle hielt die Luft an und überlegte, was sie tun sollte. Schweine sehen ganz schlecht, nehmen aber Bäume als Hindernis war, wenn sie davon stürmen. Das war ihr bewusst. Aber hier gab es keinen Baum.

Noch bevor sie eine Entscheidung treffen konnte, hatte sich die Situation entspannt, denn alle waren rückwärts im Unterholz verschwunden. Tief durchatmend setzte sie sich erst einmal hin. Sie schmunzelte über den Schreck dieser besonderen Begegnung, denn wirklich Angst hatte sie keine verspürt. Aber an Abenteuer war es für heute genug und sie machte sich langsam wieder auf den Heimweg.

Abenteuer für die Sinne

Auch wenn die letzten Tage ungewöhnlich warm und nass
für Ende Februar gewesen waren, letzte Nacht hatte sich
Väterchen Frost zurückgemeldet. Mit Tagesanbruch über-
nahm jedoch die Sonne wieder das Zepter und Merle zog es
spontan nach draußen. Im Gespräch mit der Mäusemama am
letzten Abend war ihr aufgefallen, dass sie Willi, den Wasch-
bär, schon längere Zeit nicht mehr gesehen hatte. Wo er wohl
heute herum stromerte? Vielleicht schlief er auch eingerollt
in einem Baumstumpf. Dass es ein wirklich herrlicher Tag zu
werden versprach, zeigte der Blick in den strahlend blauen
Himmel. Die Luft war klar und trocken. Wo die Sonnenstrahlen durch das dichte Tannengrün den Boden nicht berührten,
blieb all die Feuchtigkeit der Nacht verzaubert in Eiskristal-
len gefangen. Und da, wo sie alles wach zu küssen begann,
stiegen kleine dampfende Wölkchen in den Tag. Auch die
Vögel zwitscherten munter mit den ersten Strahlen und
steckten Merle mit ihrer Lebensfreude an.
Sie hüpfte und tanzte mit der Sonne um die Wette. Entfernt
hörte sie den Schwarzspecht rufen, was ihr jedes Mal ein
Lächeln auf die Lippen zauberte. Ein dicker umgestürzter
Buchenstamm am Wegesrand lud sie zum Hinsetzen ein. Die
Augen geschlossen hielt sie ihr Gesicht den wärmenden Sonnenstrahlen entgegen. Ein sanfter Wind strich ihr liebevoll
über Wangen und Nase. Am liebsten wäre sie tief verwurzelt
festgewachsen, glücklich im Hier und Jetzt. Die Ohren vernahmen die vertrauten Waldgeräusche und gaben ihr ein
Gefühl von Ruhe und Frieden.
Und plötzlich war es damit vorbei. In den kahlen Lärchen-
kronen gegenüber setzte ein lautstarkes Spektakel ein.

Vier Buntspechte zofften sich in flatterndem und kreischendem Auf und Ab, Hin und Her. Wie hypnotisiert verfolgte Merle das Treiben, ohne zu erkennen, was es damit auf sich hatte. Schließlich kehrte wieder Ruhe ein und Merle zog es weiter.

Seit einiger Zeit wurde tagsüber die Ruhe im Wald durch Baumfällungen ziemlich gestört. Merle war vor ein paar Tagen unfreiwillig Zeuge dieser Arbeiten geworden, als schwere große Maschinen Bäume in einem rasanten Tempo köpften, sie in passende Stücke schnitten und am Wegesrand in Poltern stapelten. Waren die Arbeiten beendet und wieder Ruhe eingekehrt, sah es aus wie auf einem Schlachtfeld – pure Verwüstung wohin man sah. Es schmerzte sie noch immer, wenn sie daran dachte. Unwillkürlich kamen diese Gedanken wieder hoch, als sie an der nächsten Schneise nach links in den Waldweg einbog und ihr der vertraute Duft nach geschlagenem Holz entgegenwehte.
Riesige Stapel lagen aufgereiht am Rand, einer größer als der andere. Und auch, wenn dieser Geruch mit schmerzhaften Erinnerungen verbunden war, liebte sie ihn. Magisch zog er sie an und ohne lange zu überlegen, begann sie mit ihrer kleinen Nase auf Riechabenteuer zu gehen. Die Harztröpfchen, die dabei ab und zu an ihr kleben blieben, störten sie überhaupt nicht. Vertieft in ihr intensives Tun bemerkte sie das Schniefen und Rascheln hinter dem letzten Holzpolter

erst, als eine feuchte schwarze Nase im quergestreiften Gesicht um die Ecke sah. Mit Willi hatte sie nun gar nicht mehr gerechnet an diesem Tag und freute sich umso mehr, ihn doch noch getroffen zu haben. Sie suchten sich ein gemütliches Fleckchen in der Sonne und tauschten Waldneuigkeiten aus.

Willi war bei seinen umfangreichen Entdeckungstouren leider noch nicht auf andere Waschbären gestoßen, erzählte er, gab die Hoffnung aber nicht so schnell auf. Dafür hatte er Freundschaften mit vielen Waldbewohnern geschlossen, mehrere tolle Schlafmöglichkeiten gefunden und zu Fressen gab es reichlich. Und auch Merle erzählte ihm von ihren Abenteuern und Begegnungen der letzten Zeit. Beide beschlossen demnächst einmal gemeinsam auf Entdeckungstour zu gehen. Willi war ein unruhiger Geist und konnte nicht lange an einem Fleck bleiben. Alsbald trollte er sich wieder davon und Merle bummelte gemütlich zurück nach Hause.

Ein gemeinsamer Frühlingstag

Was für ein herrlich sonniger Märztag. Merle und Willi hatten sich verabredet und wollten heute gemeinsam durch den Wald streifen. Anfangs ging es ziemlich bergauf im lichten Buchenwald. Die Sonnenstrahlen erreichten durch die noch kahlen Kronen ungehinderten den Boden und wärmten ihn auf. Auf den ersten Blick wirkte alles noch ein bisschen trostlos um sie herum. Bis die Buchen ihre wohlverpackten Blätter aus den kleinen Knospenhüllen ließen, muss es tagsüber erst 13 Stunden lang hell sein und das dauerte noch ein wenig.

Es hatte schon längere Zeit nicht geregnet und das trockene Laub raschelte unter ihren Füßen. Überall verteilt lagen von den Winterwinden herabgebrochene Äste und Zweige. Die Wege waren von den gigantischen Rädern der schweren Holzerntemaschinen vollkommen aufgewühlt und zerstört worden, was das Laufen erschwerte. Ungewöhnlich still war es für diesen schönen Tag, kaum ein Vogel zwitscherte. Was sie aber schon bald vernahmen, war das gluckernde Sprudeln des Bächleins, dass von der Quelle bis zur Steinbrücke am oberen Hang schon ein Stück unterwegs war. Das Wasser hatte sich talabwärts über die Reste einer ins Bachbett gefallenen alten Buche einen Weg gesucht. Munter plätschernd schlängelte es sich, unterbrochen von mehreren kleinen Wasserfällen und sanften Mulden, weiter hinab. Manchmal verschwand das feuchte Element auch unter Holz- und Laubresten und tauchte sprudeln an einer anderen Stelle wieder auf. Beide wurden magisch von dieser Geräuschkulisse angezogen. Während Merle sich beobachtend auf die bemoosten Füße einer Buche setzte, verschwand Willi erkundend im Wasser. Vor sich hinlächelnd sah sie ihm zu, wie er mit seinen empfindsamen Pfoten den Grund nach Fressbarem abtastete. Wenn er sich schüttelte, um das Wasser aus seinem Pelz zu bekommen, spritze ein strahlenförmiger Tropfenregen in alle Richtungen davon. Er war voll in seinem Element und es freute sie, ihn so zu sehen. Ab und zu wehte der Wind den ungewöhnlichen Geruch des Wassers von rostigem Eisen und Moder unter ihrer Nase vorbei. Die friedliche Stimmung genießend träumte sie vor sich hin und allmählich fielen ihr durch das ruhige Murmeln und Glucksen die Augen zu.

Plötzlich stupste eine feucht kalte Nase ihre Wange und sie wäre beinah vor Schreck ins Wasser gefallen. Willi hatte offensichtlich genug vom Matschen und so zogen sie lachend und sich gegenseitig neckend weiter. Die Sonne hatte schon enorme Kraft und der schattige Fichtenhochwald sorgte für angenehme Abwechslung. Kleinere und größere Zapfen lagen überall verteilt auf dem Boden - ein paar von ihnen eigenartig gekrümmt, als hätten sie Bauchschmerzen. Es dauerte nicht lange und beide kickten übermütig die verschiedenen Exemplare über Moospolster und Stümpfe. Als Merle ihre kleine Hand hob und um Pause bat, vernahm sie auf einmal ein leises Knistern. Sie brauchte eine Weile, bis sie dahinterkam, was das war. Die wärmenden Sonnenstrahlen sorgten dafür, dass sich die Schuppen der Fichtenzapfen in den Kronen langsam zu öffnen begannen, um ihre reifen Samen auf die Reise zu schicken. Jetzt bemerkte sie auch überall die langsam herab trudelnden Flügelchen. Schnell griff sie zu und fing sich eins. Ohne ein spürbares Gewicht lag das zart durchsichtige Etwas mit einem kleinen verpackten Nüsschen am unteren Ende in ihrer Hand. Sie überlegte

nicht lange und stopfte es sich in den Mund. Es schmeckte
lecker, nussig und ein bisschen nach Fichtennadel und sie
konnte sehr gut nachvollziehen, warum die Gefiederten diese
so mochten. Neugierig geworden kam Willi näher, schnüf-
felte mit seiner feucht schwarzen Nase daran und schniefte
einmal kräftig. Nein, für ihn war das nichts. Er suchte lieber
nach Käferlarven in vermoderten Stümpfen.

Und plötzlich tauchten gaukelnd mehrere Zitronenfalter auf.
Die Sonne hatte offensichtlich auch sie aus ihrer Winterstarre
geweckt. Dass die zarten Wesen überleben konnten, ver-
danken sie einer Art Frostschutzmittel in ihren Flügeln. Sind
sie erwacht, müssen sie dringend auf Nektarsuche gehen.
Und das war ein mühseliges Unterfangen für die hungrigen
Sucher, denn die Frühblüher schliefen noch. Fasziniert versuchte Merle die tanzenden Falter nicht aus den Augen zu
verlieren, was gar nicht so einfach war. Willis scheiternden

Jagdversuche ließen ihn schnell das Interesse an diesem Spiel verlieren. Wo wohl die etwas helleren, zartgelben Falterdamen waren? Mittlerweile war es später Nachmittag geworden und beide etwas müde vom Herumtollen. Nach einer kleinen Pause machten sie sich beide wieder auf den Heimweg. An der großen Weggabelung mit den aufgetürmten Holzpoltern trennten sich ihre Wege und Merle winkte Willi ein letztes Mal lächelnd hinterher.

Tanzzipfelwiesenbegegnungen

Mit dem Frühlingserwachen waren auch die vielen Vogelstimmen zurück – lange bevor die Sonne aufgeht. Die Amsel, die kurz nach 5 Uhr ihr melodisches Tirilieren anstimmte, mag Merle am liebsten. Die Augen noch halb geschlossen lauschte sie dem Morgenkonzert und ein Lächeln huschte über ihr Gesicht. Als sie später ihre Nase vor die Tür steckte, verzogen sich gerade die letzten leichten Nebelschleier. Es versprach wieder ein sonnig warmer Tag zu werden - ideal für einen Besuch der Tanzzipfelwiese. Die Wildschweine liebten es in den frühen Morgenstunden auf der Suche nach Leckerbissen alles aufzuwühlen und umzupflügen. Das Frühstück war schnell verputzt und das Aufräumen konnte warten, beschloss Merle. Ihr Stöckchen in der linken Hand, das Fernglas um den Hals und die Tasche über den Schultern macht sie sich auf den Weg. Das Draußensein war pure Freude bei diesem Wetter und sie trällerte fröhlich vor sich hin.

Als sie am Bach ankam, der durch den unteren Teil der großen Wiese floss, hatte die Sonne zum späten Vormittag schon enorme Kraft. Ihr wurde langsam warm und sie überlegt gerade, ihr Mäntelchen auszuziehen, als sich auf der anderen Wiesenseite ein dunkler Schatten bewegte. Mit der Vergrößerung vom Fernglas erkannte sie einen ausgewachsenen Fuchs. Überrascht, ihn um diese Tageszeit in aller Ruhe über die Wiese schlendern zu sehen, blieb sie stehen. In dem Moment drehte er sich um und sah in ihre Richtung. Merle hielt die Luft an und rechnete jeden Augenblick damit, dass er davonlaufen würde. Aber nichts dergleichen passierte. Fasziniert sahen sich beide über diese Entfernung still an.

Da der leichte Wind von vorn kam, konnte er sie nicht riechen und das war ihr Glück. Langsam wurden ihr die Arme schwer und die Sonne brutzelte ihr auf den Kopf. Aber um keinen Preis der Welt wollte sie sich wegbewegen, denn so einen Moment bekam sie nicht gleich wieder. Als er schließlich langsam zum Waldrand schlenderte und verschwand, verzog sie sich erst einmal selig in den Schatten und machte es sich auf einem alten trockenen Kiefernstamm gemütlich.

Zwischen all den Vogelstimmen war das Summen und Surren der Insekten zu hören, die trudelnd in der Mittagssonne ihre Runden drehten. Ab und zu landete eines der geflügelten Wesen auf ihrem Arm. Bis zu ihrem eigentlichen Ziel war es noch ein Stück Weg, vorbei an einem kleineren Teich. An einer großen Lärche bekam sie plötzlich Lust sich hinzusetzen. Den Kopf angelehnt schloss sie ihre Augen und vertiefte sich ins Hören, als plötzlich neben ihr was ins trockene Laub plumpste. Erschrocken sah sie ein Knäul aus zwei Blaumeisen wie tot auf dem Boden liegen. Noch bevor sie reagieren konnte, kam wieder Leben in die Beiden und sie flatterten vor ihren Augen auf und davon. Offensichtlich sind sie aneinander geraten und im Eifer des Gefechts vom Ast gefallen. Nun wollte auch sie nicht länger sitzen bleiben, pilgerte weiter und war schon bald am Rastplatz der Tanzzipfelwiese angekommen. Weit und breit war niemand zu sehen. Zusammengetragene Äste und Stangen lehnten kreuz und quer aufgetürmt an einer Buche. Ein Stück Holz mit zwei Seilen rechts und links hing als Schaukel an einem dicken Ast der alten Eiche – für Merle leider unerreichbar hoch. Sie setzte sich auf einen mit Moos gepolsterten Baumstumpf und schaute sich in aller Ruhe um. Schön war es hier.

Der strahlend blaue Himmel, die herrlich wärmende Sonne
und die ersten zaghaften grünen Spitzen an den Bäumen
taten der Seele gut. Frühlingsduft lag in der Luft. Etwas links
von ihr thronte ein großer verwitterter Holzstumpen, auf
dem etwas Rotes leuchtete. Neugierig schlich sie sich langsam heran. Ein wunderschönes Tagpfauenauge sonnte sich
genüsslich auf dem erwärmten Holz. Sie versuchte vorsichtig
so nah wie möglich heranzukommen. Als sie fast schon die
Hand nach ihm ausstrecken konnte, wurde ihm ihre Nähe
zu viel und er tanzte davon. Schade, aber vielleicht kam er
noch einmal zurück. Merle setzte sich auf einen der Füße
und wartete geduldig. Der Stumpen war von oben bis unten
mit tausend unterschiedlich großen
Löchern bestückt – wer auch immer
dafür gesorgt hatte und jetzt darin
wohnte. Plötzlich fühlte sie sich
beobachtet, drehte ganz langsam
den Kopf und blickte in Augen-
höhe in die zwei schwarzen
Knopfaugen einer Eidechse. Und
so, wie sie gerade noch zu sehen
waren, verschwanden sie
auch schon wieder, um an
einer anderen Stelle erneut
aufzutauchen. Sie huschte
neugierig so schnell über
das Holz, dass
Merle Mühe
hatte ihr zu
folgen.

Das Katz- und Maus-Spiel dauerte ein Weilchen, als der Falter erneut auftauchte und sie vorsichtig einen zweiten Versuch startete, ihn aus der Nähe zu betrachten. Diesmal blieb er länger sitzen und ließ sich in aller Ruhe anschauen. Was für schöne kräftige Farben um die Augen auf seinen Flügeln leuchteten. Sie hätte noch stundenlang dem Frühlingstreiben auf der Wiese zusehen können, aber sie wollte rechtzeitig zurück sein, wenn die Mäusemama sie besuchen kam. Schweren Herzens machte sie sich langsam auf den Heimweg und nahm sich vor beim nächsten Mal mehr Zeit mitzubringen.

Rehbegegnung

Über Nacht hatte es geregnet und feuchte Nebelschwaden zogen über den Wald, die die Morgensonne bereits aufzulösen begann. Wie versprochen hatte Merle bei der Mäusemama an der magischen Buche vorbeigesehen, die mit ihrem Nachwuchs ganz schön zu tun hatte und ihr wenig Zeit ließen, um in Ruhe zu schwatzen. Helfen konnte sie auch nicht wirklich, sodass sie sich schon bald wieder verabschiedete. Das muntere Vogelgezwitscher und die strahlende Sonne lockte sie nach draußen. Sie holte sich ihre Sachen und machte sich auf den Weg – diesmal auf die andere Waldseite gegenüber vom Kiefernhügel. Schon bald stand sie auf einer kleinen Wiese, eingesäumt von blühenden Schlehenbüschen, aus denen ein emsiges Summen und Brummen zu hören war. Die weiß duftende Pracht lockte in der wärmenden Sonne viele geflügelte Wesen an. Tagpfauenaugen zapften genauso gern vom Nektar wie Schwebfliegen, Bienen und Hummeln. Merle wusste gar nicht, wo sie zuerst hinsehen sollte in diesem bunten Gewimmel. Schon bald schwirrte ihr der Kopf und sie zog munter trällernd lieber weiter den Waldweg entlang.

Mit dem Frühling kamen all die verschiedenen Grüntöne zurück. Anfangs noch sehr zaghaft und langsam, als warteten sie auf etwas. Doch dann, von einem Tag auf den anderen, gab es diesen einzigartigen Moment, an dem alle Blätter auf einmal explosionsartig überall da waren. Und auch dieses Mal hatte Merle diesen Augenblick wieder verpasst, obwohl sie sich vorgenommen hatte, wachsam zu bleiben. Das Gelbgrün der Birken und auch das zarte Hellgrün der Lärchen

leuchteten regelrecht vor dem Hintergrund der kräftigeren
und dunkleren Töne der anderen Laub- und Nadelbäume.
Auf dem Boden war die grüne Vielfalt noch um vieles größer. Jedes Pflanzenwesen schien bemüht wahrgenommen zu
werden.
Verzaubert schlenderte sie weiter und ihr Blick wanderte
zwischen Boden und Bäumen hin und her. Am Übergang
vom Hochwald zum Kahlschlag sah sie plötzlich zwei Rehe
stehen, die wie hypnotisiert zu ihr herüber-
blickten. Das größere der Beiden war sicher
die Ricke, die noch ihren Nachwuchs vom
Vorjahr bei sich hatte. Es waren nur wenige
Sekunden, in denen sie sich still gegen-
überstanden, bis diese scheuen
Wesen die Flucht ergriffen.
Aber es waren magische
Sekunden. Sie blieb noch
einen Moment
lang stehen und
ließ diesen
besonderen
Augenblick auf
sich wirken.
Wenig später
fiel ihr am Rand
einer Wiese eine
imposante alten Eiche auf, zu der sie sich hingezogen fühlte.
Es verwunderte sie ein wenig, denn zu diesen Bäumen hatte
sie bisher keine besondere Verbindung gespürt. Als sie auf
ihre stumme Frage hin näher treten durfte, lehnte sie sich
an und schloss die Augen. Eine kraftvolle Ruhe ging von

ihr aus, als im angrenzenden Waldstück plötzlich ein Bellen zu hören war. Verwundert drehte sie sich langsam in diese Richtung und stand erstaunt erneut einem Reh gegenüber. Es klang tatsächlich wie das Bellen eines Hundes, dass sie so vorher noch nie gehört hatte. Offensichtlich war sie der Grund, warum es auf diese Art und Weise seinem Unmut Luft machte. Bald darauf verschwand es im Unterholz und ließ eine sprachlose Merle zurück. An diesem Abend brauchte sie lange bevor ihr die Augen zufallen wollten. All das Erlebte tauchte immer wieder vor ihr auf und liess sie glücklich lächeln.

Sommer

Ein Faulenzertag

Jetzt im Sommer blieb die Wärme des Tages immer öfter bis weit in die Nacht hinein hängen. Merle hatte die letzte Nacht unruhig geschlafen, war müde und hatte keine große Lust überhaupt etwas zu tun. Beim Blick nach draußen lachte ihr die Sonne ins Gesicht und sorgte gleich für bessere Laune. Trotzdem brauchte sie noch ein ganzes Weilchen bis sie sich aufraffen konnte um rauszugehen. Zum Entdecken hatte sie heute keine Lust, ihr war eher wie ein bisschen herumhängen und träumen. Sie klemmte sich eine Decke unter den Arm und schlenderte los. Da sie mehrere schöne Plätzchen kannte, an denen sie gern saß, musste sie kurz überlegen. Und entschied sich für das Gebiet am Kieferhügel, wo die Raben wohnten.

Der Wald sorgte immer ganz schnell dafür, dass es ihr schon nach kurzer Zeit und wenigen Schritten gut ging. Angekommen horchte sie als erstes, ob die Raben zuhause waren, aber nichts war zu hören. Merle liebte dieses Fleckchen, es lag etwas versteckt abseits der Wege und war ein bisschen abenteuerlich zu erreichen. In der Mitte gab es eine kleine morastige Lichtung und war ein beliebter Treffpunkt der Schweinebande. Auf der zugänglichen Seite verlief ein ausgetretener Tierpfad mit größeren Lücken zwischen den Bäumen. Hier suchte sie sich ein schönes Fleckchen an einer Kiefer, breitete ihre Decke aus und machte es sich gemütlich.

Den Kopf angelehnt versuchte sie unter den vielen Vogelstimmen herauszuhören, wer alles da war. Hinter der Lichtung schmetterte ein Buchfink sein Lied und versuchte den Zilp Zalp auf der Birke zu übertönen. Das Wieze Wieze der

Tannenmeisen kam aus der Kiefer über ihr und in der Nähe, am Rand der Lichtung, plapperte ein Häher vor sich hin. Offensichtlich war er der Grund, warum ein Rotkehlchen eine Schimpftirade vom Stapel ließ.

Das Zetern einer Amsel ertönte auf der anderen Seite und auch das Glucksen und Knarzen der Raben, was sie so mochte, war auf einmal zu hören, irgendwo in den Kronen der Kiefern weiter hinten. Ganz oben rauschte leise der Wind. Ab und zu kam er bei ihr auf ein Hallo vorbei, ganz sanft, als wollte er sagen, ich bin auch noch da und sie musste lächeln.Es fiel ihr schwer die Augen offen zu lassen. Diese vertrauten und ruhigen Geräusche machten sie schläfrig.

Ob sie tatsächlich ab und zu kurz eingenickt war, konnte sie nicht mit Gewissheit sagen. Und dann fiel ihr Blick auf die wuselnde Emsigkeit in den vielen Heidelbeersträuchern um sie herum, an denen bereits die ersten grünen Früchtchen hingen. Schwebfliegen und Hummeln suchten summend und surrend nach Nektar. Vor Merle's Gesicht tauchte plötzlich schwirrend ein trolliges kleines Wesen auf – ein Wollschweber, aussehend wie eine winzige Bommel mit überlangem spitzem Saugrüssel.

Gaukelnd sorgte ein Zitronenfalter für einen tanzenden gelben Farbtupfer unter den Waldtönen. Am Boden wuselten Ameisen emsig hin und her und es war herrlich, diesem bunten Treiben zu zusehen. So mittendrin fühlte sie sich als Teil des großen Ganzen. Es war ein wunderbares Gefühl und es lullte sie regelrecht ein, bis ihr schließlich doch die Augen zufielen.

Erst der markante Schrei des Schwarzspechtes schreckte sie aus ihren Träumen. Benommen versuchte sie den Krakeler ausfindig zu machen. Sie brauchte eine Weile, bis sie ihr Fernglas gefunden und eingestellt hatte und dann entdeckte sie ihn an der noch unbelaubten großen Eiche fast ganz oben. Klopfend suchte er nach Käfern und Larven. Ausgeruht und tief gewaldet, pilgert sie langsam nach Hause.

Könige der Lüfte

Es versprach ein herrlich sonniger Tag zu werden. Gut ge-
launt machte sich Merle alsbald auf den Weg, um nach Willi
zu suchen, der zum letzten vereinbarten Treffen leider nicht
aufgetaucht war. Sorgen machte sie sich deswegen keine,
denn sie kannte ihn mittlerweile schon ein bisschen. Mit der
Zuverlässigkeit nahm er es nicht so genau. Seine Abenteu-
erlust und Neugier lenkten ihn allzu oft ab und er vergaß
darüber, dass andere auf ihn warteten.
Es hatte schon längere Zeit nicht geregnet. Auf dem ausgetrockneten Waldboden raschelten das alte Laub und herum-
liegende aufgeplatzte Zapfen und Äste knackten, egal wohin
Merle ihre kleinen Füße setzte. Ein herrlich würziger Duft
von sonnenerwärmten Brennnesseln stieg ihr in die Nase. Sie
blieb stehen, atmete ganz tief ein und würde sich am liebsten
auch noch mitten hineinsetzen. Sie mochte die Nesseln sehr
und nutze fast alles von ihnen. Die Blätter schmeckten als
Tee genauso gut wie in einer Suppe oder Salat. Die vitamin-
reichen Samennüsschen streute sie sich am liebsten über ihr
Butterbrot.

Vertieft ins Riechen hörte sie plötzlich zwischen den Bäumen
lautes Flügelschlagen näherkommen. Es ging so schnell, dass
sie Mühe hatte zu erkennen, wer es hier so eilig hatte. Zwei
Habichte jagten im Tiefpflug an ihr vorbei und waren im Nu
wieder verschwunden. Zu gern hätte sie diese scheuen Jäger
mal aus der Nähe beobachtet, aber dafür waren sie viel zu
schnell und zu wachsam. Wenig später hörte sie weit oben
das bekannte hijähende Rufen der Bussarde, die mit dem
Wind am Himmel schwebten.

Die ziehenden weißen Wolkenhaufen verwandelten sich immer wieder in andere Formen. Sie legte sich ins Gras, verschränkte die Hände hinter dem Kopf und sah dem Treiben begeistert zu. Manchmal tauchten Gesichter auf oder Gestalten, die einem Drachen ähnelten. Beinah hätte sie vergessen, warum sie unterwegs war, rappelte sich wieder auf und zupfte die hängen gebliebenen Grashalme aus ihren Locken.

Die Buchen hatten ihr Blätterdach geschlossen, sodass kaum noch Licht am Boden ankam. Vor dem dunklen Hintergrund der Bäume sah Merle dichte Wolken von Pollen fliegen. Die männlichen Fichten schickten ihren Samen auf die Reise, die im Wind mit den fliegenden Insekten um die Wette tanzten und alles mit einem gelben Teppich überzogen. Lachend stellte sie fest, dass selbst ihre Nasenspitze eingepudert wurde. Ein ungekannter seelenvoller Ruf ließ sie erneut suchend nach oben schauen. Und dann sah sie ihn, einen majestätisch schwebenden Rotmilan, weit über den Baumkronen. Greifvögel übten eine magische Faszination auf Merle aus. Ihre kraftvolle Ausstrahlung und dieses so mühelos aussehende Dahingleiten machten sie zu Königen der Lüfte. Eine ungeahnte tiefe Sehnsucht nach Freiheit lösten diese herrlichen Vögel bei ihr aus und sie konnte nur schwer den Blick wieder abwenden. Eine ganze Weile sah sie wie hypnotisiert zu, als ihr Willi plötzlich wieder einfiel.

Weiterziehend wollte sie ihr Glück am Wasser, seinem Lieblingsort, versuchen. Übermütig hüpfte sie den Weg entlang und die Trommel in der Flickentasche mit. Als sie das Tal mit dem Bächlein erreicht hatte, sah sie Willi und musste schmunzeln. Bis zum Bauch im Wasser wühlte er munter vor sich hin keckernd den Boden um.

Sie schlich sich langsam von hinten heran, angelte vorsichtig nach ihrer Trommel und begann sie kräftig zu schlagen. Wie eine Rakete schoss Willi aus dem Wasser und stürzte ein Stück den Hang hinauf, eh er erschrocken stehen blieb. Urkomisch sah es aus und Merle konnte sich das Lachen nicht verkneifen. Verärgert wollte er losschimpfen, aber richtig böse sein konnte er ihr dann doch nicht und lachte schließlich mit. Erst als beiden der Bauch weh tat, beruhigten sie sich wieder und setzten sich ins Moos. Ein Stück von ihrem Sitzplatz entfernt nahm Merle aus den Augenwinkeln im Laub eine Bewegung wahr. Ein kleiner schmaler Kopf mit seitlich sitzenden schwarzen Knopfaugen tauchte auf. Es war eine Blindschleiche. Im Sonnenlicht schimmerten die Schuppen wie Kupfer und ihre Zunge nahm züngelnd Witterung auf. Geistesgegenwärtig scheuchte sie Willi trommelnd den Weg hinauf, damit er gar nicht erst auf die Idee kam, sie als leckeren Happen zu verspeisen. Sie war ihr schon einmal begegnet, damals mitten auf einem Weg, die Sonnenstrahlen genießend. Vorsichtig hatte sie sie berührt und erstaunt festgestellt, dass ihre Haut warm und trocken war.

Als sie zurückblickte war die kleine Echse bereits wieder verschwunden und Willi mit dem Zerlegen eines morschen Baumstumpfes beschäftigt.

Eine herrlich duftende Wolke des blühenden Holunders wehte an ihr vorbei. Sie angelte sich eine der Dolden herunter und steckte ihre kleine Nase ganz tief hinein. Schade, dass man seine Lieblingsdüfte nicht einfach in eine Tüte zum Mitnehmen stopfen konnte. Die Luftgeister spielten mit den Blättern der jungen Zitterpappelbäumchen. Die besonders gedrehten Stiele klangen wie ein leises Kichern und Wispern. Übermütig breitete sie ihre Arme aus, legte den Kopf in den Nacken, genoss selbst den Wind für einen kurzen Moment.

Wo war denn eigentlich Wilili schon wieder abgeblieben? An der nächsten Weggabelung sah sie ihn auf den Holzpoltern turnen. Seine Pfoten verschwanden immer wieder suchend in sämtlichen Ritzen und Spalten. Schließlich setzten sich beide, müde geworden vom Herumstromern, noch einen Augenblick ins Moos. Dort plauderten sie noch ein Weilchen, bevor sie dann in entgegengesetzter Richtung heimwärts wanderten.

Hitzetag

Die Sonne der letzten Tage hatte alles aufgeheizt. Selbst der
laue Wind brachte keine wirkliche Abkühlung, im Gegenteil. Wer konnte, tauchte ab oder verkroch sich im Schatten
dichter Baumkronen. Nach einer unruhigen, warmen und ge-
wittrigen Nacht wurde Merle am frühen Morgen munter. Der
Tag war bereits angebrochen und der nächtliche Regenguss
hatte den Staub der letzten Tage abgespült. Feucht-schwüle
Luft hing über dem Wald. Das allmorgendliche Vogelkonzert
war bereits im vollen Gange und die nächtlichen vierbeini-
gen Ausflügler hatten sich in ihren Unterschlupf zurückgezogen. Sie wollte die Morgenstunden nutzen und eine kleine
Waldrunde drehen.

Tief atmend blieb Merle stehen und ließ die morgentliche
Stille auf sich wirken. So mittendrin im großen Ganzen kam
sie sich ziemlich winzig vor, aber durchaus dazugehörend.
Entfernt hörte sie die Raben knarzen. In der Luft lag ein un-
gewöhnlicher Geruch, den sie weder benennen noch erklären
konnte. Die ersten Sonnenstrahlen küssten die Baumkronen
wach und schmuggelten sich wie ein Leuchten zwischen
Lücken bis auf den Boden. Wenn sie die am Weg entlang
hoch gewachsenen Gräser streifte, zum Teil noch nass vom
nächtlichen Schauer, flatterten Motten und andere geflügelte
Wesen auf und davon. Eine noch schlafende Hummel hing
am Himbeerstrauch festgekrallt. Und auch die Mistkäfer
waren schon munter, auf der Suche nach dem nächsten ver-
lockenden Haufen. Aus den oberen Etagen hörte man ein
Summen und Surren. Ein schwarzes Eichhörnchen tauchte
auf, sah Merle verdutzt an und verschwand eilig auf der

nächsten Fichte. Ab und zu
segelte polternd ein Zapfen
herunter, Merle vor
die Füße und Gott
sei Dank nicht
auf den Kopf.
Die Himbeersträucher
hingen voller unreifer
Beeren. Es fehlte noch
ein bisschen mehr Regen,
damit es in ein paar Wochen eine reiche
Ernte geben konnte. Aus dem eigenartig
geformten Baumstumpf vor ihr tauchte eine
große Hornisse auf. Merle vermutete, dass sie
im Inneren Ihren Hornissenstaat für diesen Sommer
aufgebaut hatte. Auch wenn sie eigentlich keine Angst verspürte, war sie immer vorsichtig wenn sie diesen imposanten
Fliegern begegnete. Aus sicherer Entfernung schaute sie ihr
noch ein Weilchen zu, bevor sie an der nächsten Weggabelung kehrt machte und langsam den Rückweg einschlug.

An einem sanften Hügel, noch ein Stück von ihr entfernt,
nahm sie unterhalb von Heidelbeersträuchern rote Punkte
wahr. Beim Näherkommen entpuppten sie sich als leckere
süße Walderdbeeren. Schnell hockte sie sich hin, pflückte
eine nach der andern und stopfte alles genüsslich in den
Mund. Erst auf den zweiten Blick sah sie, dass auch die
Heidelbeersträucher voll reifer Beeren hingen und nasch-
te gleich weiter. Als nichts mehr ging, die Finger und der
Mund blau verschmiert waren, setzte sie sich erst einmal hin
und ruhte sich aus.

Unter ihrer Nase tauchte der Geruch sonnenerwärmter Brennnesseln auf. Suchend entdeckte sie schnell, wo es herkam. Hinter einem Reisighaufen wuchs ein großer Busch, der bereits Samen gebildet hatte, die wie seitliche Antennen in einem Kranz abstanden. Von der Mäusemama hatte sie gelernt, dass es weibliche und männliche Brennnesselpflanzen gab. Die weiblichen Blütenstände hängen herunter und werden von ihr liebend gern als Vorrat für den Winter gesammelt. Merle hatte also die männlichen Exemplare vor sich, die nicht weniger lecker schmeckten. Jetzt sah sie auch die vielen schwarzen Raupen, die genüsslich an den Blättern fraßen. Als sie näher heran ging, entdeckte sie noch andere fressende Mitstreiter, etwas kleiner und bräunlicher. Aus den schwarzen schlüpfen nach dem Verpuppen wunderschöne Tagpfauenaugen, das wusste sie. Bei den andern war sie sich nicht sicher, ob im nächsten Frühjahr daraus mal die Falter des Landkärtchens kommen werden. Hübsch sahen beide aus.

Mit der zunehmenden Hitze tauchten Regenbremsen auf, schwirrten Merle um den Kopf und ließen sich nur schwer abwimmeln. Blieb sie länger stehen kamen auch noch Hirschlausfliegen angeflogen und versuchten sich festzukrallen. Jetzt reichte es ihr. Ohne noch länger irgendwo zu verweilen, marschierte sie schnurstracks heimwärts und verkroch sich für den Rest des immer heißer werdenden Tages in ihrem Zuhause.

Merle und Merlin

Am Vortag war Regen gefallen, aber längst nicht die Menge, die nötig gewesen wäre, um den Durst der Pflanzenwesen zu stillen. Den Staub der letzten Tage hatte es jedoch herunter gespült und es roch angenehm frisch. Sie wollte heute Merlin, ihrem mittlerweile sehr lieb gewonnen gefiederten Freund und Wegbegleiter, endlich ihren Wald zeigen. Er war ein Käuzchen und wohnte in der Nähe von Merles ehemaligen Zuhause mitten auf einer Streuobstwiese. Dort sind sie sich das erste mal begegnet. Von Anfang an gab es eine tiefe Vertrautheit zwischen ihnen, ein bedingungsloses Verständnis füreinander. Sie hatten es irgendwie immer geschafft, in Kontakt zu bleiben, was gar nicht so einfach war. Nur mit dem gemeinsam geplanten Waldausflug hatte es bisher nie so richtig geklappt, weil ständig etwas dazwischen gekommen war. Doch nun sollte es klappen, sie hatten sich frühmorgens an der Kreuzung zum Rabengebiet verabredet.
Ein Sonne-Wolken-Mix trudelte über ihren Köpfen hinweg und sie freuten sich beide auf die gemeinsame Zeit im Wald. Merlin sahs auf ihrer Schulter, nahm wie sie alles ringsherum genussvoll auf und knabberte ab und zu liebevoll an ihrem Ohr. Es war still geworden in den Kronen und Sträuchern ringsherum. Die meisten Vögel erholten sich nach der anstrengenden Jungenaufzucht und wechselten ihr Gefieder. Dadurch konnten sie nicht mehr so gut fliegen und hatten sich ersteinmal still zurückgezogen.

Hinter der Steinbrücke über dem fast ausgetrockneten Bachbett wurden sie vom Rabenpaar, das in diesem Gebiet zuhause war, aus den Fichtenkronen gegrüßt.

Sie freute sich immer, wenn sie die beiden nicht nur hörte sondern auch sah. Auf dem breiten kiesigen Fahrweg ging es noch ein gutes Stück aufwärts bevor links der Abzweig zum See auftauchte. Ein dichter Grasteppich entlang des Weges machte das Laufen angenehm. Die zarten Rispen der Draht-Schmiele schaukelten sanft im Wind. Manchmal tauchten mitten auf dem Weg junge Bäumchen auf, die kaum eine Chance hatten, je groß zu werden. Aber noch einmal weggehen und sich einen anderen Platz zum Wachsen suchen, war nun nicht mehr möglich. Merlin gefiel, was er sah. Der Wald wirkte freundlich und sonnendurchflutet mit seinen verschiedenen Baumarten zwischen denen viele Heidelbeersträucher gewachsen waren. Merle liebte ihren Wald und es freute sie, dass auch Merlin sich hier wohl fühlte. Schon bald tauchte talabwärts der See auf. Auf der Oberfläche verteilt schwammen Seerosen mit weiß und rot geöffneten Blüten, umtanzt von Königslibellen.

Die vorbei ziehenden Wolkenfelder spiegelten sich im Wasser und leichte Windböen zauberten ein wanderndes Wellenmuster über die sonst ruhige Fläche. Sie umrundeten den See und setzten sich noch ein Weilchen an das lehmige Ufer. Eine Ringelnatter kam schlängelnd über das Wasser geschwommen, tauchte kurz zwischen den Seerosen auf und verschwand schließlich gegenüber am zugewachsenen Ufer.

Die friedliche Stille wurde plötzlich von zwei Hähern unterbrochen, die zwischen den Fichten am anderen Ufer kreischend umher flogen. Erst mit dem Fernglas sah Merle, dass noch ein dritter, größerer Vogel beteiligt war. Vermutlich ein junger Habicht, der erfolglos versuchte, die Häher zu erjagen. Sie beobachteten das Katz- und Maus-Spiel noch einen Moment und zogen dann weiter zum nächsten Ziel den Napoleoneichen. Der leichte Wind sorgte für eine angenehme Kühlung an dem immer wärmer werdenden Tag. Sie mussten noch ein ganzes Stück bergauf laufen bis sich der Weg lichtete und die Sicht freigab auf die imposanten Eichen. Zwei standen etwas versetzt rechts vom Weg, die dritte schräg gegenüber. Zusammen bildeten sie eine Art Ring, in dessen Mitte Merle immer gern saß, um Kraft zu tanken. Merlin begrüßte alle, kam zurückgeflogen und kuschelte sich ein bisschen an. Dann flüsterte er ihr ins Ohr, die vierte Eiche besuchen zu wollen. Verwundert sah sie sich um und entdeckte sie etwas versteckt im dichten Grün. Auf der rechten Seite war ein riesiger Ast heruntergebrochen und hatte eine große Wunde hinterlassen. Dem dichten Blattwerk nach, hatte sie es aber gut verkraftet. Merle setzte sich zu ihr, holte ihre Trommel hervor und begann einen langsamen Rhythmus anzuschlagen, den Merlin wunderbar fand.

Als sie schließlich weiter pilgerten, entdeckten sie auf der linken Seite abzweigend eine fast zugewachsene Schneise. Sie überlegten nicht lange und folgten ihr. Kleinere Birken und rankende Brombeeren machten das Vorwärtskommen nicht ganz leicht. Doch schließlich wurden sie mit einem herrlich sonnigen Fleckchen Wald belohnt und hatten das Gefühl, einen geheimen Platz entdeckt zu haben. Die zu einer tiefen Kuhle geformten Wurzelfüße einer großen Lärche luden zum Ausruhen ein und sie nahmen das Angbot gern an. Die Arme hinter dem Kopf verschränkt, schaute Merle weit hinauf durch die schattenspendende Krone und ließ ihren Gedanken freien Lauf. Ab und zu besuchte eine Wespe ihr kleines Reich, Käfer krabbelten an Grashalmen hinauf und eine Mönchgrasmücke schwatzte in den benachbarten Tannen. Mal plaudernd, mal einfach nur still und vertraut nebeneinander lauschend verging die gemeinsame Zeit wie im Flug und sie mussten sich wieder auf den Heimweg machen. Schweren Herzens packten sie alles zusammen und sagten diesem zauberhaften Ort für diesmal Adieu, mit der Gewissheit, wiederzukommen.

Trommelzauber

Die Hitze und Trockenheit der letzten Tage hatten sich vor-
übergehend aufgelöst. Der ersehnte Regen war über Nacht
gekommen. Die ersten Sonnenstrahlen schoben sich hervor,
spiegelten sich in den Wassertropfen, die an den Grashalmen
hingen und ließen die Baumkronen wie einen Heiligenschein
erstrahlen.
Merle war schon vor Sonnenaufgang an diesem Morgen
unterwegs. Etwas entfernt von ihrer gewohnten Umgebung
in einem Flusstal gab es an einem steilen Hang eine sehr alte
mächtige und imposante Eibe. Es wurde erzählt, dass sie was
Besonderes war und wie ein Wächter zwischen den Welten
das Tal bewachte. Neugierig geworden, wollte Merle dahin
und hatte erneut den Häher um Unterstützung gebeten. Dort
angekommen setzte er sie ab und sie lief allein zu Fuß weiter.

Der Weg hinauf begann gleich hinter der Brücke über den
Fluss und verlief in Serpentinen über steiniges Gelände. Sie
musste sehr gut aufpassen, wo sie ihre Füße hinsetzte, und
war froh, diesmal außer ihrer Trommel auch ihr Stöckchen
mitgenommen zu haben. Niemand sonst war unterwegs,
nur die Gefiederten begleiteten sie stimmlich mit ihrem
Gezwitscher. Zwischen all dem Geröll des ausgetrockneten
Bodens gab es vorwiegend Eichen und Kiefern, deren tiefe
Wurzeln Halt fanden in dem steilen Gelände. Die Trockenheit der letzten Jahre hatte auch ihnen ganz schön zugesetzt
und die Kronen lichter werden lassen. Es war ein holpriges
mühseliges Hinauflaufen über den steinigen Boden und die
zum Teil herausragenden Wurzelfüße. Schon bald verbreiter-
te sich der Weg und sie stand unverhofft vor der Eibe. Wie

hypnotisiert von diesem überwältigenden Anblick blieb sie einen Moment stillstehen, bevor sie sich ihr langsam näherte. Die herausragenden dicken Wurzeln, mit denen sie sich über all die vielen Jahre schon ausharrend am Hang festgehalten hatte, wirkten wie die Arme eines Riesenkraken. Tiefe Längsfurchen am mächtigen Stamm waren mit rötlich brauner Rinde überzogen, zum Teil schuppig abstehend und durchsetzt mit ausgetriebenen grünen Büscheln. Durch das dichte Nadelkleid kamen die Sonnenstrahlen kaum noch auf den Boden und sorgten für ein wechselndes Licht und Schattenspiel. Respektvoll fragte sie, ob sie sich zu ihren Füßen etwas ausruhen durfte und bekam ein eindeutiges „JA". Sie nahm Platz, holte ihre Trommel heraus und begann ihrem Rhythmus folgend sie zu schlagen. Tief versunken fühlte sie sich eins mit Mutter Erde, angekommen und angenommen.

Schließlich verabschiedet sie sich dankend und folgte weiter dem Weg hinauf. Die Mittagssonne heizte langsam alles auf und brachte Merle ins Schwitzen. Ab und zu wehte ein leichtes Lüftchen, sorgte einen kurzen Moment für ein angenehmeres Gefühl und ließ die Gräser sanft schaukeln. Alsbald erreichte sie einen schattigen Wald mit jüngeren Eiben, spürte sofort eine wohltuende Kühle und beschloss, einen Moment zu bleiben. Die Hinterlassenschaften am Boden verrieten ihr, dass hier die Bussarde zuhause waren. In dem steilen Gelände brauchte sie ein Weilchen, bis sie ein passendes Plätzchen gefunden hatte. Vor sich hin summend begann sie erneut ihre Trommel zu schlagen. Ein lautes Rascheln hinter ihr ließ sie innehalten und horchen. Langsam drehte sie sich in die Richtung und sah gerade noch, wie im angrenzenden hohen Gras ein Reh flüchtete. Damit hatte sie überhaupt nicht gerechnet und es tat ihr ein bisschen leid es vertrieben zu haben. Doch schon bald hatte sie ihren Rhythmus wiedergefunden. Als es erneut raschelte und immer näher kam, unterbrach sie ihr Spiel nicht. Sie drehte ganz langsam den Kopf ein bisschen zur Seite und war überrascht. Auf dem rutschenden Untergrund kam stakend ein Rehkitz langsam Schritt für Schritt näher und legte sich schließlich nur wenige Meter entfernt neben Merle auf den Boden als wäre es das normalste der Welt. Jegliches Zeitgefühl ging ihr verloren, es zählte nur dieser magische Moment.

Irgendwann löste sie sich von diesem Zauber und packte mit vorsichtigen Bewegungen langsam zusammen. Als sie sich bedanken wollte war das Kitz bereits verschwunden, als hätte es dieses Wunder nie gegeben. Ein bisschen schlafwandlerisch wanderte sie den Serpentinenweg langsam wieder hinunter, suchte sich einen Weg zum Wasser und setzte sich auf einen kleinen Vorsprung. Ihre Schuhe zog sie aus und tauchte die Füße baumelnd in das kühle Nass. Dankbar und glücklich wartete sie auf die Rückkehr des Hähers, der sie zurück in ihren Wald bringen würde.

Nächtliches Abenteuer

Es war Hochsommer, Ende August und der bisher wärmste und trockenste Monat in diesem Jahr. Der dringend benötigte Regen blieb schon länger aus und die Natur stöhnte unter der Trockenheit. Und auch Merle litt mit all den Pflanzenwesen mit. Die Nächte waren noch lau und wurden nur ganz langsam kühler. Das wollte sie nutzen und endlich einmal unter freiem Sternenhimmel eine Nacht verbringen, neugierig auf die Dunkelheit ihres geliebten Waldes. Bisher hatte ihr allerdings immer ein bisschen der Mut gefehlt, es auszuprobieren.

Und nun war es soweit. Sie packte, was sie brauchte in ihre Flickentasche, nahm ihre Trommel unter den Arm und machte sich am späten Abend auf den Weg zu ihrem Lieblingsplätzchen ins Rabengebiet. Unter einer Lärche mit ausladenden Wurzelfüßen, fühlte sie sich sicher, geborgen und behütet. Angst verspürte sie keine, aber ein bisschen aufgeregt war sie schon.

Sie baute sich als erstes ihr Nachtlager in die mit Gras überzogene Kuhle und setzte sich hinein, um anzukommen. Aufmerksam nahm sie alles um sich herum auf. Die letzten Sonnenstrahlen beleuchteten nur noch vereinzelt kleine Kronenbereiche, bis auch sie verschwanden und langsam der Dämmerung Platz machten. Die Gefiederten waren verstummt, nur ein Rotkehlchen zeterte leise in ihrer Nähe, offensichtlich von ihrer Anwesenheit etwas gestört. Ab und zu hörte sie Knistergeräusche von wuselnden Vogelfüßen auf der Rinde der umliegenden Bäume. Ansonsten war der Wald still. Rundherum gab es mehrere Tierpfade und sie war gespannt, ob sie heut Nacht wohl jemand benutzen würde.

Es wurde langsam kühler. Etwas fröstelnd stand sie auf, stellte sich bäuchlings an ihre Lärche und sofort wurde ihr wieder warm. Angelehnt lauschte sie mit halbem Ohr dem Wald und erschrak, als plötzlich ein krachendes Geräusch zu hören war. Noch ein Stück von ihr entfernt erklang es näherkommend mit einer kurzen Pause erneut. Für einen kurzen Augenblick rutschte ihr tatsächlich das Herz in die Hosen, bis das Urvertrauen und die Ruhe zurückkehrten. Im selben Moment tauchte vor ihr ein junger Rehbock auf, entdeckte Merle und blieb erschrocken stehen. Der Blickkontakt dauerte nur einen kurzen Moment, bevor er an ihr vorbei schnell Reißaus nahm. Verdutzt blickte sie dem davon Eilenden noch ein Weilchen nach, ungläubig, dass ein so zartes Wesen einen solchen Lärm verursachen konnte.

Noch in Gedanken versunken hörte sie ein Geräusch, das diesmal hinter ihr auftauchte. Vorsichtig drehte sie ihren Kopf und blickte unweit von ihr in das spitzbübige Gesicht eines verdatterten Jungfuchses. Sie konnte richtig sehen, wie er hin und her gerissen war zwischen der Entscheidung, an Merle vorbeizulaufen oder doch lieber einen größeren Bogen zu nehmen. Es waren nur wenige Sekunden, bis er sich entschieden hatte, den größeren Bogen zunehmen und gemütlich in Richtung Bach davon schlenderte. Allmählich verschwand das dämmrige Grau und machte der Dunkelheit der Nacht Platz. Merle konnte ihre Hand nicht mehr vor Augen sehen. Schnell schlüpfte sie in ihre warme Decke und kuschelte sich in die Wurzelkuhle. Zwischen den Baumkronen tauchten am Nachthimmel die ersten vereinzelten Sterne auf und verzauberten diesen auf wundersame Weise.

Sie merkte noch, dass die Luft anders roch als es ihr schließlich die Augen zuzog. Unterbewusst hörte sie irgendwann
entfernt das Bellen des jungen Rehbockes wahr, war aber sofort wieder abgetaucht im Traumland. Und dann wurde sie
erneut wach, weil sie spürte, dass jemand bei ihr war, konnte
aber in der Dunkelheit nicht erkennen, wer. Sie vermutet,
dass der kleine Fuchs neugieriger Weise noch mal vorbeige-
kommen war, um nachzusehen ob Merle noch da war.

Bevor ihr erneut die Augen zufielen, leuchtete mehrmals
kurz das Licht eines Glühwürmchens über ihr auf und eine
Sternschnuppe zog ihre Bahn am Nachthimmel. Als sie das
nächste Mal munter wurde hatte der Nachthimmel sein
dunkles Schwarzblau verloren und die Sterne verblassten.

Ihre Nasenspitze war kalt geworden und die Luft um sie herum etwas feucht. Ganz langsam setzte die Morgendämmerung ein und sie vernahm erneut entfernt das ihr schon vertraute Bellen. Mit dem hellerwerden kamen zaghaft auch die ersten Stimmen der Gefiederten zurück. Das Rotkehlchen – am Abend als letztes verstummt – war auch wieder das erste an diesem neuen Morgen, gefolgt von mehreren Amseln. Ein Bussard und ein Käuzchen stimmten ein und schließlich gesellten sich gurrend die Tauben dazu.

Eingekuschelt begrüßte Merle den neuen Tag, hatte aber noch keine so rechte Lust, ihre warme Kuhle zu verlassen und aufzustehen. All das Erlebte der letzten Nacht sorgte dafür, dass sie sich putzmunter fühlte und keine Müdigkeit verspürte. Als die Morgensonne ihre ersten Strahlen in die Baumkronen schickte, rappelte sie sich mit einem tiefen Seufzer schließlich auf, packte alles zusammen und bedankte sich für die nächtliche Obhut, die sie erleben durfte. Glücklich machte sie sich auf den Heimweg, froh darüber, mutig gewesen zu sein.

Herbst

Nach dem Regen

Endlich, der lang ersehnte Regen war gekommen, sacht und anhaltend, so dass das wertvolle Nass in Ruhe alles durchtränken und einsickern konnte – es regnete den ganzen Tag und auch die ganze Nacht. Als es am nächsten Morgen aufgehört hatte, zog es Merle sofort hinaus. Die feinen Wassertropfen hingen nicht nur als dampfender Nebel in der Luft, sondern auch an allen Pflanzenteilen. Sie hüpfte übermütig durch all das Nass, schnipste mal mit den Fingern an einem tropfenvollen Zweig, mal an eine nasse Dolde. Mittlerweile hatten sich die Wasserperlen wie Schmuck auch in ihren Locken verfangen und sie freute sich wie eine Königin. Als die Schuhe klitschnass waren, zog sie sie einfach aus und tanzte barfuß weiter. Was für ein Vergnügen. Schließlich hatte sie genug und beschloss erst einmal zu frühstücken. Später am Tag wollte sie sich mit Willi, den sie längere Zeit nicht gesehen hatte, am Teich treffen. Ganz allmählich schafften es die Sonnenstrahlen durch die immer größer werdenden Lücken der Wolkendecke auf den nassen Boden. Selbst von der Rinde der Bäume tropfte und dampfte es. Genüsslich und tief einatmend machte sich Merle langsam auf den Weg zum Treffpunkt. Diesmal nahm sie nur ihr Fernglas und das Stöckchen mit.

Bald darauf hörte sie irgendwo über sich das Hämmern eines Spechts. Da sie sich nicht sicher war, an welchem der Bäume sich der Bunte zu schaffen machte, trat sie nacheinander an die in Frage kommenden heran und hielt ihre Hände an den Stamm. Erst bei der Kiefer spürte sie die Vibration und als sie nach oben sah, entdeckte sie ihn an dem dicken toten Querast unterhalb der Krone. Es verblüffte sie immer

wieder, wie dieser kleine Kerl mit seinem Schnabel so eine
Kraft aufbringen konnte, dass man die Schwingung bis nach
unten spürte. Sie trat leise ein paar Schritte zurück, lehnte
sich gegenüber an eine Fichte, um ihn noch eine Weile zu
beobachten. Froh, ihr Fernglas dabei zu haben, erkannte sie,
dass sie eine Spechtdame vor sich hatte, die jetzt in ihrem
typischen Wellenflug drei Bäume weiterflog, sich an einen
Fichtenast hangelte und einen Zapfen pflückte. Damit flog
sie zurück an die Kiefer, klemmte sich ihre
Beute unter die Füße in den toten
Ast und begann ihn gezielt zu
bearbeiten. Die Zapfenschuppen
segelten nur so herunter, der
Rest folgte alsbald hinterher
und sie holte sich Nachschub.
Merle hätte gern noch länger
zu gesehen, wollte aber auch
Willi nicht verpassen. Also
stromerte sie weiter
in Richtung Teich.
Überall zogen noch
kleinere Rinnsale
des Weges und die
Bäche plätscherten
und murmelten wie-
der gefüllt. An den Pfützen auf
ihrem Weg konnte sie wieder nicht vorbei, ohne mit einem
Jauchzer hineinzupatschen. Als sie vom Hochwald kommend
fast am Teich war, hörte sie keckerndes Geschwätz, was nicht
nur zu Willi gehören konnte. Langsam kam sie näher und
als schließlich der Teich in ihr Blickfeld kam traute sie ihren

Augen kaum. Zwei Willis haschten am Ufer des Teiches entlang, vollkommen vertieft in ihr Spiel. Beobachtend versuchte sie herauszubekommen, wer von den beiden nun Willi war. Schließlich erkannte sie ihn am kleinen Riss im linken Ohr. Während sie noch überlegte, wie sie es anstellen sollte bemerkt zu werden, blieb Willi plötzlich stehen, drehte sich um, sauste wie ein Blitz auf sie zu und bremste haarscharf vor Merles Füßen ab. Aufgeregt und hippelig tänzelte er auf seinen Pfoten vor ihr herum und begann zu erzählen, dass er nun nicht mehr allein ist. Tilda, seiner neuen Freundin war er vor kurzem am abgelegenen hinteren Moorteich begegnet. Sie kam vom anderen Ende des riesigen Waldes, war etwas jünger als er und hatte einen weißen Fleck im rechten Ohr. Mittlerweile war sie vorsichtig nähergekommen. Durchaus genauso neugierig wie Willi, beschnüffelte sie die angebotene kleine Hand und drängte sich schließlich wieder an ihn. Merle freute sich so darüber, dass sie Willi um den Hals fiel und ihn kräftig knuddelte. Tilda gesellte sich schließlich keckernd dazu und alle drei tanzten noch ein Weilchen lachend am lehmigen Ufer entlang, bis sie nicht mehr konnten und eine Verschnaufpause brauchten.

Die beiden waren schon ein Weilchen vor Merle um den Teich gestromert und hatten zu ihrer Enttäuschung feststellen müssen, dass es im Teich nichts Brauchbares zu fressen gab. Im steinernen Ablauf plätscherte es nach dem vielen Regen ebenfalls wieder und diesem folgend hatten beide schon entdeckt, dass es dort weitaus interessanter war. Genug Abenteuer für diesen Tag beschlossen die Drei allmählich den Heimweg anzutreten. Auch wenn Merle nun sehr froh war, dass Willi Anschluss gefunden hatte, machte sie es auch ein wenig traurig, denn es bedeutete, dass er nun einen anderen Fokus in seinem Leben gefunden hatte und ihre gemeinsamen Erkundungstouren seltener stattfinden werden. Sie drückten sich alle noch einmal herzlich und versprachen, sich nicht aus den Augen zu verlieren, bevor sie heimwärts pilgerten.

Pilzezauber

Die Zeit der morgendlichen Nebelfelder war angebrochen. Der September neigte sich seinem Ende und die Tag- und Nachtgleiche hatte den Wechsel zu den nun langsam kürzer werden Tagen eingeläutet. Die Sonne stand jetzt tiefer, wärmte nicht mehr ganz so kräftig und die Luft kühlte merklich ab, besonders nachts. Merle nutzte jede Möglichkeit, draußen unterwegs zu sein und so oft es ging, Sonnenenergie zu tanken.

Sie liebte den Herbst mit seinen Gerüchen und Farben, seiner Vergänglichkeit und der leisen Wehmut, die ihm anhing. Aber auch seiner Fülle und Pracht. Und in diesem Jahr war und ist von allem besonders viel vorhanden, so als würde die Natur vorsorgen wollen. Von den vielen Beerensorten gab es in diesem Sommer eine regelrechte Schwemme und sie hatte sich wie schon lange nicht mehr richtig satt essen können. Aber auch alle Bäume trugen reichlich Früchte, ob als Zapfen, Flügelchen, Nasen oder Nüsschen. Die letzten Brombeeren hingen rot und drall an den dornigen Ranken, ohne Chance, noch reif zu werden. Auch die Zweige der Vogelbeeren konnten die rote Last kaum noch halten und bogen sich bedenklich herab.

Als sie heute Morgen auf dem Waldweg schlendernd die Luft genoss und den Waldboden mit ihren Augen absuchte, hörte sie knarzend das Rabenpaar näherkommen. Bisher hatte sie immer nur freudig schmunzelnd ihre Anwesenheit zur Kenntnis genommen und versucht, sie in und über den Baumkronen zu entdecken. Diesmal nahm sie ohne zu überlegen warum, ihre Hände an den Mund und versuchte in der gleichen Stimmlage zu antworten. Offensichtlich traf sie genau den richtigen Ton und es folgte eine längere beiderseitige Unterhaltung in Rabisch. Später hörte sie aus der anderen Richtung das Rufen des Schwarzspechts und in den Kronen der Kiefer vor ihr vernahm sie ganz leise das Speckern der Drossel. Ohne die Gefiederten war der Wald für Merle nicht vollständig und sie war immer froh, wenn sie ihre Anwesenheit in irgendeiner Form wahrnahm.

Der Herbst war auch die Zeit der Pilze. Es gab sie in allen nur erdenklichen Größen, Formen und Farben. Ob mit Lamellen oder schwammartigem Polster unterm Hut, als Kugel geformt oder korallenähnlich gewachsen, mit großem Schirmchen oder ganz kleinen, halbrund oder ganz flach geraten, aufgekräuseltem Rand und samtigen Hütchen auf dünnen und dicken Stielen, es waren so viele. Manch einer hatte sich gerade mühevoll aus der Erde durch das Laub oder den Moosteppich geschoben und wurden auch gleich angeknabbert, von Maden besucht, herausgerissen oder zertreten. Die farbenfroh leuchtenden Fliegenpilze, mit ihren weißen Tupfen waren der absolute Hingucker und schon von weitem zu sehen. Es war einfach eine Freude, sie nicht nur bestaunen, sondern auch sammeln zu wollen und das ging nicht nur ihr so.

In dieser Zeit war sie immer besonders wachsam unterwegs, denn sie fühlte sich von den menschlichen Zweibeinern mit ihren Körben auf Pilzsuche in der sonst eher idyllischen Waldruhe etwas gestört. Tauchten sie auf, versteckte sie sich schnell hinter dicken Wurzelfüßen und wartete geduldig, bis sie wieder verschwunden waren.

Das zwischen den Baumlücken hindurchstrahlende Sonnenlicht verfing sich jetzt vermehrt in den aufgespannten Seiden-
fäden der Spinnen.

In einem kleineren Sonnenfenster vor ihr, auf einem vertrockneten Ast, bewegte sich etwas. Als sie näher hinsah,
robbte ein kleine Raupe mit langen weißen Haaren auf dem
Holz entlang. Sie beobachtete verzückt das kleine Wesen und
überlegte, was das wohl für ein Falter werden könnte.
Eine Hornissenkönigin flog brummend über ihren Kopf hinweg und verschwand gegenüber im Brombeergestrüpp. Auch
sie muss sich nun langsam einen Platz suchen, wo sie den
Winter über verbringen möchte. Sie träumte noch ein wenig
vor sich hin, die wärmenden Strahlen genießend, bevor sie
sich langsam wieder auf den Rückweg machte.

Ein goldener Oktobertag

So, wie es aussah, versprach es einer dieser goldenen Oktobertage zu werden und Merle, nun schon ein Jahr in ihrem neuen Waldzuhause, war nicht mehr zu halten.

Der Wind pustete heute mit etwas kräftigeren Böen und sie musste ihren Hut fester über die Ohren ziehen. Imposante Wolkenhaufen zogen über sie hinweg und sie schritt freudig voran. Immer, wenn die Wolkenlücken die Herbstsonne durchließen, erstrahlten zwischen all dem beständigen Grün des Waldes die herrlich bunten Herbstfarben. Die kräftigen Orange- und Rottöne der Roteichen, Pappeln und Spitzahörner hatten es Merle besonders angetan, jedes Blatt in seiner Farbgebung einmalig. Selbst die Gelb- und Brauntöne der anderen Laubbaumarten schimmerten golden im Sonnenlicht. Und auch die Lärchen, als einzige unter den Nadelbäumen, begannen nun ihr grünes Kleid gegen ein goldenes einzutauschen und ihre weichen Nadeln abzuwerfen. Und wenn dann noch der Wind zwischen den Kronen hindurchtanzte, eins nach dem anderen pflückte und hinabtrudeln ließ oder pustend davontrug, würde sie am liebsten mit davongetragen werden wollen.

Bei all der Sinnesfreude hatte sie für kurze Zeit den vor ihr liegenden Weg aus den Augen verloren. Schneller als ihr lieb war wurde sie von ihrer Träumerei zurückgeholt. Die vielen Eicheln unter ihren Füßen sorgten dafür, dass sie wegrutschte, die Balance verlor und unsanft auf ihrem Hinterteil landete. Stöckchen und Hut kullerten davon. Zu allem Ärger fielen auch noch ständig Eicheln von oben herab auf ihren Kopf.

Am keckernden Lachen aus der Baumkrone erkannte sie,
dass der Häher alles gesehen haben muss. Verärgert krauste
sie ihre Nase und wollte losschimpfen. Doch als sie seine
abstehende Feder auf und ab wippen sah, konnte sie nicht
anders und lachte schließlich mit. Als sich beide wieder
beruhigt hatten, rappelte sie sich auf und er bot ihr an, sie
das letzte Stück ins Tal zu fliegen. Nichts lieber als das und
schneller als ihr lieb war, setzte er sie wieder ab.
Hier unten zu Füßen der riesigen Brücke spürte sie den Wind
kaum noch. Unter ihren Schuhen raschelte das Herbstlaub.
Aus einem Impuls heraus begann sie ihre Füße wie einen
Schneepflug vorwärts zu schieben und kleine Häufchen
anzustauen, die sie dann mit Wonne in die Luft beförderte.
Übermütig geworden raffte sie nun alle Blätter, die sie fassen
konnte, zu einem riesigen Haufen zusammen und lies sich
mit ausgebreiteten und rudernden Armen lachend rücklings
hineinfallen. Der unverkennbare Geruch des Herbstlaubes

stieg ihr dabei intensiv in die kleine Stupsnase.

Schließlich hatte sie genug vom Blätterspaß und setzte sich ein Weilchen auf den etwas eigenartig gekrümmten Fichtenstumpen am Wegesrand. Den Blick nach oben gerichtet nahm sie jetzt erst wahr, dass die herrlich weißen Wolkenhaufen verschwunden waren und sich plötzlich graue Regenwolken über ihr zusammengeschoben hatten. Und es dauerte auch nicht lange bis sie lauschend die ersten Tröpfchen herunterfallen hörte. Es war ein sanftes Nieseln, wie ein ganz leises Wispern und hielt auch nicht lange an. Schnell hatte der kräftige Wind alles weitergeschoben und sorgte nun dafür, dass immer mehr Blätter herab getrudelt kamen, Merle regelrecht umtanzten und die Unebenheiten des Bodens wie einen Mantel zudeckten. Hüpfend versuchte sie eins nach dem anderen zu erhaschen und wäre beinah wieder auf ihren vier Buchstaben gelandet.

In Gedanken versunken nahm Merle plötzlich ein erst leises dann immer lauter werdendes Rauschen über ihrem Kopf wahr. Und als sie zwischen den Lücken der Baumkronen hinauf sah, erblickte sie weit oben eine riesige in V-Formation fliegende Schar laut schnatternder Gänse. Die so typisch gänseriche Art, beim Fliegen den Schnabel nicht halten zu können, zauberte ihr ein Schmunzeln ins Gesicht.

Sie schaute ihnen noch ein Weilchen hinterher – verträumt und ein bisschen wehmütig. Dann atmete sie tief durch und machte sich erfüllt und dankbar für all die Abenteuer und Begegnungen in diesem Jahr wieder langsam Richtung zuhause. Und wer weiß, was die nächste Zeit in ihrem neuen zauberhaften Waldzuhause noch alles bereithält.

Es gibt den Wald , seine Wesen und
viele Menschen, die mich auf meinem Lebensweg
begleitet, auf unterschiedliche Weise gefördert und
unterstützt und dadurch auch mehr oder weniger
zur Entstehung dieses Buches beigetragen haben.

Euch allen möchte ich für die Begegnungen
vom ganzen Herzen danken,
besonders meiner zauberhaften Familie.